诗路博格达

邓明富 著

山西出版传媒集团 北岳文艺出版社

·太原·

图书在版编目（CIP）数据

诗路博格达 / 邓明富著 . —太原：北岳文艺出版社，2023.12
　ISBN 978-7-5378-6794-8

Ⅰ.①诗… Ⅱ.①邓… Ⅲ.①诗集-中国-当代 Ⅳ.①I227

中国国家版本馆 CIP 数据核字（2023）第 201294 号

诗路博格达

邓明富／著

出品人 郭文礼	出版发行：山西出版传媒集团・北岳文艺出版社 地址：山西省太原市并州南路 57 号　邮编：030012
	电话：0351-5628696（发行部）　0351-5628688（总编室）
项目统筹 刘文飞	传真：0351-5628680
	经销商：新华书店
责任编辑 武慧敏	印刷装订：四川科德彩色数码科技有限公司
	开本：880mm×1230mm　1/32
装帧设计 书香力扬	字数：148 千字
	印张：7.75
封面设计 丽莉　阳光	版次：2023 年 12 月第 1 版
	印次：2023 年 12 月四川第 1 次印刷
印装监制 郭　勇	书号：ISBN 978-7-5378-6794-8
	定价：58.00 元

本书版权为本社独家所有，未经本社同意不得转载、摘编或复制

歌咏新疆,歌吟时代

——邓明富诗集《诗路博格达》序

孤 岛

诗歌是文学中的贵族,是文学中的文学;而音乐则是艺术中的艺术,是艺术的灵魂。我一直认为,在文艺百花中,唯有诗歌与音乐,能够直达人们心灵深处。

中国是诗的国度,从《诗经》到清诗,再到新诗,好诗人好诗歌浩如烟海。

20世纪80年代,我们有过一个当代诗歌"盛世",催生出许多诗歌佳作和一些优秀诗人。从那时起,写诗的人如雨后春笋般冒了出来,后来有人戏谑地说:"如果往城市大街上随便扔一个小石子,可以砸到三个诗人。"就像20世纪90年代中后期以后,市场经济浪潮席卷各地,又有人戏谑地说:"随便扔一个小石子到城市大街上,可以砸到三个总经理。"

在诗与梦想交织的20世纪80年代,邓明富(笔名巴人)也步入了写诗行列，在采写新闻报道和写作散文的同时，陆陆续续地在国内外二十多家报刊以及中国作家网、中国诗歌网等发表了几百首诗作，并两次获得新疆文联和昌吉州文联主办、新疆作协和昌吉州作协承办的"新疆是个好地方""我和我的祖国"全国诗歌大赛奖项。

今年67岁的他，诗龄近四十年，内心依然诗情澎湃，偶尔显露出诗人的个性。尽管几十年间社会发生了许许多多令人意想不到的变化，诗歌从原来的神坛走向凡间，耀眼的光环也被世俗的生存尘烟抹得灰幽暗淡，但退休多年的邓明富依然在爱着诗，写着诗，这说明他心中一直有诗。他写诗的目的不是为了蹭一时之热潮，不是将诗歌写作、散文写作等当作"跳板"，为了出名或调换工作，而是为了中学语文教学，扩展学生写作思维。他写作的纯粹性和心中长存的诗歌情怀，让人不得不产生一种敬意。我虽然与邓明富认识时间不长，但我看到他秉性耿直、追求执着、自信满满，身上有一种不退缩、不服输的冲劲和干劲。

邓明富的这部诗集，收入了他近四十年来创作的一些作品，经过遴选，被列入昌吉州文联2023年文艺扶持计划项目，并且是其中唯一的一部诗歌集。

该诗集里的诗作，题材广泛丰富，有的描写大美新疆、庭州昌吉的自然人文景观，有的赞美大西北壮丽雄奇的大好河山，有的歌吟诗意中华、时代更新、民族团结、体育奋进、同心抗疫、

"一带一路"、有色风采以及璀璨炫色校园文化生活的,诗中洋溢着时代豪情,多方面多角度地传播来自边陲大西北的正能量。

新疆昌吉是他的故乡,他的诗笔不断触摸着天山天池、博格达峰、雪莲状的新疆大剧院、新疆小吃、昌吉新建的滨湖河、昌吉的唐代"北庭"历史文化、清代粮仓,还有新疆的屯垦历史、乌鲁木齐的头屯河等等。

他以手中的笔书写着新疆昌吉的广博、丰厚与优美,请看他的组诗《昌吉印象》中第一首《飞马地标》,如数家珍地描绘出昌吉的特色美:

历史沉淀心情

厚重锁定文明

北庭金甲铁衣冰挂东墙

任历史罕迹涂抹画笔

玛河湿地飞羽漫天翱翔于西

不远百里千里嬉戏涉饮瑶池福地

热瓦甫与冬不拉旋律

任博格达时而欢呼雀跃俯仰生息

地毯彩绘铺就的江布拉克

金黄起伏烘托浩瀚云霓

如刀耕火种演变跳跃成古有神奇

康家石门子岩画裸露

浸透千百年肤色黝黄胎痕印迹

龙的图腾呼唤刚毅塑造人格魅力

……

　　作为一个关注国家命运与时代命运的诗人，邓明富热情地为祖国和时代放歌，尤其为中国的改革开放抒写新诗交响曲。比如，荣获昌吉州文联主办的2018年庆祝改革开放四十周年全国征文三等奖的组诗《开放时代》，从春天的故事、黑猫白猫、蓝天之舞、老虎苍蝇之悲、"一带一路"、复兴之梦等多个侧面与特定场景，描绘出改革开放的青春活力、务实作风、翱翔云霄的蓝天战略、陆地与海上丝绸之路的新活力、民族复兴的希冀等等。他写道："山南水北/机械轰鸣在畅想中施展臂力/鳞次栉比的楼宇招牌/瞬间遮挡游人视线/异军突起的计划时而被追加预算/陌路阡巷随图纸演绎康庄通衢/网络信息让舌尖频频跳跃/大棚的嘹亮穿越了索桥梦想/电驴鼓噪在山峦沟壑间溢彩回荡"（《开放时代·春天的故事》）。

　　他用诗歌讴歌了改革开放后，为国际体育添彩的优秀的中国运动健将，比如庄泳、伏明霞、庄晓岩、张山、王义夫、钱红、林莉、邓亚萍等等，他以组诗《巴塞罗那中国星》描写了二十余位夺冠的奥运健儿，为他们的勇敢、拼搏、夺冠歌与赞、鼓与呼。

邓明富的诗，生活底气十足，充满了现实主义精神和革命浪漫主义豪情。如《夜战——写在阜康建设工地》这首诗，生活味、工地味十足："苍茫复沓着苍茫/夜色重温着夜色/热风吹来时刻/楼架高处/攒动的人影/哗啦啦呼啸/赫然排列成/流动红旗"。

邓明富的诗，架构宏博大气，是胸有格局，大气豪放的，心中有祖国和故乡，有大地江河，眼中有历史与未来，不像有的诗人只关注个人小生活圈子、小情感、小私密甚至去热情地写尿尿拉屎之丑事。如组诗《昌吉印象》之《飞马地标》一开头就展现了一种胸怀和气魄：

横空出世

惊魂于苍茫大地

携八方精锐

屹立于庭州亚心

在繁华与喧闹之间

仰颈长啸又一跃冲天

如天马行空

卓尔不群

任雄浑与豪爽点亮百万之星

还有在全国诗歌大赛中获奖的诗作《北庭，在梦幻中嬗变》（组章），写出了历史的豪放、悲壮与苍茫：

两千年时序递进源远流长
四百里辽阔拓疆翻山越岭于远方
古往今来北庭于骁勇挺进储存底蕴
金戈铁马在壮阔雄浑中回眸纵横驰骋
北庭都护经铁打营盘兵如流水
原始城郭掩埋亢奋隐情坚挺依然

他的不少诗，读者在欣赏中既能感到雅趣，又能获得直抒胸臆之快感。

作为一位生活在基层的老诗人，邓明富的诗摆脱了老一代"文革"味浓郁的公式化口号诗，虽然在思想角度、技法上比较传统，但在越来越散文化、口语化甚至涌现诸如分行的文字游戏、口水诗的今天，其诗始终坚守着新诗的内在节奏与韵律，让读者读起来朗朗上口，心中涌动诗的脉动。

当然，邓明富的诗也存在一些不足，如诗歌的思维惯性尚存，创新不足；意象还不够大胆新颖，难以给人耳目一新之惊叹。其主要的原因，还是他的诗传统味过浓，吸收与传承中国20世纪80年代以前的新诗和外国古典诗歌传统较多，对中国新时期的朦胧诗派以及西方自波特莱尔之后的现代派诗歌认识吸收不够。希望作者在继续保留诗的现实生活味、诗人的浩气与豪气，以及诗的内在节奏与旋律之余，继续敞开胸怀，积极吸纳中外现代派诗歌流派的一些新思维、新技巧，使诗歌作品更加含蓄美妙、新颖独特，含有一种刻骨铭心的丰富韵味，让人越咀嚼越有味，就像喝一坛老窖，一打开便芳香四溢。

2023 年 2 月 13 日，乌鲁木齐骑马山

作者简介：

孤岛，本名李泽生。中国作家协会会员、中国西部散文学会副主席、新疆文联委员、《新疆文艺界》执行主编，冰心文学奖获得者。系中国民盟新疆文化委员会主任、民盟中央美术院新疆分院院长等。

目录
Contents

第一辑　风光篇：大美新疆　诗意中华

昌吉印象（组诗）	/ 003
瑶池圣水，舞动天山之魂（组章）	/ 016
北庭，在梦幻中嬗变（组章）	/ 020
伟岸博格达，让自信与历史说话（组章）	/ 025
走进北庭（组诗）	/ 033
一坡泥土，让江布拉克绚烂多彩	/ 037
信马由缰，情满巴里坤（组章）	/ 040
圆梦有色，让太阳辐射光辉（组章）	/ 052
凉秋妩媚，催生喀纳斯醉美神奇（组章）	/ 060
一滴眼泪，足以让世界惊愕（组章）	/ 066
那拉提之恋（组章）	/ 075

天鹅之梦，在巴音布鲁克飞翔（组章）　　/ 084

　　秋　魅　　/ 093

第二辑　华彩篇：开放时代　家国情怀

　　开放时代（组诗）　　/ 097

　　心爱祖国，向未来问好（组章）　　/ 103

　　巴塞罗那中国星（组诗）　　/ 107

　　有色短歌（四首）　　/ 118

　　五月风（藏头诗）　　/ 124

　　三月，春风度过玉门关　　/ 125

　　祖国啊，母亲　　/ 126

　　五月，鲜花开遍了原野　　/ 128

　　回归时刻　　/ 130

　　唱支山歌给党听（百字散对）　　/ 132

第三辑　仁爱篇：携手同心　挚爱真诚

　　秋收季节（组章）　　/ 135

　　街头义捐　　/ 141

呼唤赖宁 / 143

准东，太阳正冉冉升起 / 145

五月，让光阴在坚挺中炽热 / 148

馕的情愫 / 151

三八节随想 / 153

第四辑　梦幻篇：人生喝彩　向往未来

大约在冬季 / 161

微诗九首 / 163

四季短歌 / 167

老人河 / 169

街市二首 / 171

沉浮（外二首） / 172

自由的风度 / 175

打开心窗，聆听物语呢喃 / 178

脚　印 / 182

落秋时节 / 183

感情的魔方 / 186

庭院集锦（花果十题）	/ 188
行走记忆	/ 195
干涸的河流	/ 198
一片火热	/ 199
想非想	/ 201
路　口	/ 203
有这么个人	/ 205
少儿歌咏（八首）	/ 209
校园诗话	/ 218
后记一（呈轩）：春潮涌心	/ 221
后记二（巴人）：感念之思	/ 227

> 第一辑
> 风光篇

chapter
01

大美新疆　诗意中华

/诗/路/博/格/达/

昌吉印象（组诗）

飞马地标

横空出世

惊魂于苍茫大地

携八方精锐

屹立于庭州亚心

在繁华与喧闹之间

仰颈长啸又一跃冲天

如天马行空

卓尔不群

任雄浑与豪爽点亮百万之星

历史沉淀心情

厚重锁定文明

北庭金甲铁衣冰挂东墙

任历史罕迹涂抹画笔

玛河湿地飞羽漫天翱翔于西

不远百里千里嬉戏涉饮瑶池福地

热瓦甫与冬不拉旋律

任博格达时而欢呼雀跃俯仰生息

地毯彩绘铺就的江布拉克

金黄起伏烘托浩瀚云霓

如刀耕火种演变跳跃成古有神奇

康家石门子岩画裸露

浸透千百年肤色黝黄胎痕印迹

龙的图腾呼唤刚毅塑造人格魅力

三台红花香远客情缘日益纯真

古城酒巷幽深常醉关东人

硅化木胡杨林原始风貌朝夕魔变

京沪中原不速之访瞬间盈门

鸣沙山鹰嘴豆坦诚开怀

馋诱光阴万年的天庭观音

也不时歪引太上老君守护神

世纪大道凭丝路荟萃锦上添花

乌伊通衢让庭州处处包容和谐纳新

梦的真诚

在凌空前瞻中圆满充盈

大剧院奇葩

一朵莲花

从雪山大漠

降生在庭州屯河之滨

历史的长河被五千年记忆

马背驼铃的脆响

不约而同地撞击路人

翩跹起舞的蝴蝶

总那么洒脱悠然而挑逗煽情

瘦马西风在车师古道渐行渐远

耀眼毡棚繁星般点缀草原绿翠如茵

雪白羊群在牧马追逐中

绵延成壮美与豪放

穹隆金光灿烂

突兀民族昂奋与倔强

内秀装帧让雅致精工独领风骚

金碧辉煌包蕴期望疆域辽阔四射光芒

手鼓乐点集成丝路蜿蜒与畅想

炽热的胸襟

已而顿歇了花儿和弦与张扬

柔美曲调铺陈昆仑大漠粗犷嘹亮

歌舞倾情汇聚民族融合与交响

雪莲傍天山色泽清新浸润纯洁品质

彩绘奇巧书写欢欣鼓舞盛世华章

美丽新疆犹赖庭州风光

跃跃欲试蓄势待发已而呐喊铿锵

荷莲真本色初心奇强

治愈疫疠创伤无可估量

醉美滨湖河

一河春水

吹皱十里八里

在牵情的城乡咏叹欢歌

两岸斑驳催人回首

斜阳钩挂枝头让绿柳掩映成趣

疾风掀着落黄游走

花儿随青鱼游弋逗留

杨柳依依轻盈抚摸游人梢头

海棠色彩尽情变换斑斓与温柔

莺嘴涂抹绿色遥相交流和趣

雀脚夹带翠黄在巢边温情守候

姹紫嫣红何须走马观花

如痴如醉　人在画中游

浅浅的酒窝　在成熟的季节

让叽喳雀燕为丰收希望

兴致勃勃地斟酒

一花一世界

一语一春秋

河渠脆响流泉

涟漪催闲客留恋

绿水青山延绵田间地头

蓝天对歌白云

蜜蜂与蜻蜓调侃畅游

清流倒映　湖呈静幽之美

荻花秋凇　岸恋鹅黄之霜

万户千家笑讴丰衣足食

临水宜居驻足在鳞次栉比大厦高楼

纷至沓来赏红叶摄河莲寄情栈桥

智叟笑撑曾孙学老妪移情歌舞

天伦乐趣似神仙生活完美

河水留恋清秋

梦里也温馨

何来忧愁

熏香小吃街

当麻辣熏腥滋味儿

在舌尖轻轻滑过

苔藓便生长起细腻与温润

往日风骚与甜甜油糕

禁不住味蕾煽情频频浮躁

梦里馋虫偶尔倾巢

总在色泽鲜香的粉汤中

一字形排列美态

叠层松软的面点油塔

在饥肠辘辘中三尺垂涎

让衰扁懒散的贴脊饿腹蠢蠢欲动

俄而饱嗝连天　长长的欢笑

随南来北往的食欲繁衍膨胀

五颜六色地

开放成灿烂的花儿

手抓羊羔睡梦

个个捉杯淋漓酣畅

有缘人闲醉于丝丝孜然熏香

试问烧烤肉串天平不断加注筹码

客在何方　何时是尽头

街内杯盘碰撞旋生风流

路边气息膻臊传递常年邂逅

门楼牌坊任雕梁画栋一展独有气派

礼帽乐器之精工奇巧陡增享受

青砖汉瓦立贴平铺直叙成现代故事

时光跌宕起伏让货币把玩于机敏股掌

堂客分享荣耀

坐庄见证辉煌

幽思清代粮仓

一枚弹孔

犹存清代印迹

粮仓何简陋

满蓄着枪炮幽思

知谁把千百年真谛

珍藏于残垣断壁之缝隙

思绪任风雨飘摇

成就这刀锋演绎之强劲机理

没有火药味十足

也不见节棍翘腿踢响

谁能说刀枪已入库

何来这马放南山

世界霸权一息犹存

和平时期还须居安思危

分裂蛊惑隐患依然不容掉以轻心

自古征者将战粮草必先武装

安边定疆还须扎实这一行

天下维和保四方安宁

确切时不我待

底气在粮仓

仓廪实而知耻勇

旧瓶装新酒　一样稳当周详

而今粮草充足储备精良

勿论月夜星光依然刀枪锃亮

天下粮仓令观念更新

瞬息万变让时局牢牢把握如缰

厚积薄发有赖龙的坚毅刚强

上山打狼还需干粮自带

犯华者虽远必诛

子弹若上膛箭即弦上

何愁来犯猖狂

农博园之魅

方便游戏之门

总在南山的菊豆氤氲气氛中

被陶氏后代徐徐打开

朵朵黄粉红黛

脸儿一个比一个炫耀充分

色彩斑斓成画儿

那些还没着意打扮的主儿

诸如金钱树凤尾竹之类

不知不觉地

流露出黯然神伤

争奇斗艳地剥夺眼球

那是早晚的事儿

春风十里过后

一簇簇一团团如火如荼

蝶飞蜂舞让岁月酝酿成败

蜜总在不经意间

甜甜地铺陈一段起伏婉转的曲子

让低音演绎歌唱柔美

让高亢迎合舞台交响

绿肥红瘦时节

仙客来蝴蝶兰倾情梳妆献媚

热带雨林依偎在偌大的玻棚厢房

坠枝的青芒芭蕉依然绽放无限风光

台产莲雾暗自追捧广西橙黄

让季节稀缺引领时髦风尚

花果集盛宴接踵飘香创造人间天堂

时代呈异彩熙攘城乡递进辉煌

庭州处处风光

岁岁昌盛吉祥

头屯河曦晖

一河依偎

两岸葱茏崛起

自个儿吟诗作画

把起伏跃进的时代大潮

引进城乡融汇与交替碰撞

曾经荒芜干涸敦厚搁浅的河床

已而逶迤蜿蜒成绿水青山

栈桥曲径连意远

波光清粼醉人心

河有河的温润

鸟儿有鸟儿的激情

色彩斑斓繁花似锦未来无限憧憬

羽毛对飞网拍拉近人生距离

步道频频延伸让光阴璀璨青春

春去秋来爱云卷云舒

不忍让四季缠绵于风花雪月

冰雪季节也煽情游人翩翩起舞

玉洁冰清与华光异彩又叠翠溢趣

冬季雪村招摇万千冰灯色泽更加迷人

有火树银花让河岸随夜月缱绻旖旎

有琼楼玉宇借冰雪让天坛神舟玲珑剔透

灯红酒绿般不舍昼夜创造何种滋味儿

河岸还在封冻

但轻快与嘹亮便不知不觉地

让丽日蓝天成就事儿

河水清澈明朗

湿鞋也不会迷茫

春心荡漾靓帅接踵熙攘

柔情妩媚在徜徉中慢步婉转歌唱

莺鸣雀舞吵醒了时间酣梦

流水的欢悦吸引着路人激昂追逐

羞涩的花儿随脚步抛媚眼打趣

时光在自我修养与增长年轮

稀疏新林在渴望与幻梦中默然期许

鲤鱼跃龙门　鳞片穿越识水性

鸳鸯戏清泠　蝴蝶桥边秀恩情

人与自然和谐共生命运依存

欣欣然满天朝霞又赖旭日新升

飞行器旋巡长河两岸涉猎兵地柔情

磁悬浮在亢奋中力挺乌昌联姻

卫星城里放卫星联袂真诚

母亲河里满储亲情曦照金辉丰盈

一年一度风雨滋润水色山蒙时节

两岸绿茵连花海青睐四方佳人

坦途日益延伸省州府都路路通勤

城乡鼎盛五一比肩三坪

庭州脚步新颖广开东联之门

一桥连两城剧院龙头

河道即身恰似孔雀开屏

兵地融合河湾柔美邻里相亲相敬

内联外引不惜血本打造新世界

头屯河岸今非昔比景连景

紧锣密鼓又一城

一片歌舞升平

福地虔诚

瑶池圣水,舞动天山之魂(组章)

(一) 山水之媚

依偎天山　把蓝穹碧水呈现于世

池景浩瀚渺渺　让游人蜂拥如织

娇艳的色泽随雾气扩散飙升

丝带翠绿环绕着神山流韵

携天然馈赠款款而来

国际人文与自然生态被俨然护卫

资源与风景依然　魅态与闲旅依然

踮起脚尖　欣欣然眺望

曦流喷涌　让博格达炯然灿烂而雄挺

高山湖泊把王母神话

定格在崇敬与向往

传统个性与民俗风情越发奇出叠加

天山天池　不声不响地

被人为一次次翘首端详　谁又能说清

诗在咫尺　还是在远方

雨雾朦胧　自古"瑶池"圣水名闻天下

山峦绵延雪松　流连幻映清流

水波潋滟的湖光山色　情不自禁地

宽松了群山绿屏日益苗条的腰带

云杉环意绕　奇峰映新辉

壮观在炎热的暑季浮游

冰川依雪峰巍峨而错落成长

风光随逶迤延伸妩媚

行旅在冰蚀与堰塞中成湖成风

眼底丰腴终于强悍了金黄的日头

有客者诗云

一池浓墨沉砚底

万木长毫挺笔端[①]

一品山水　美哉壮哉

（二）山水之妖

三千年神秘穿梭

让雄奇的化石山沿湖畔撩拨情致

靓女佼佼　趁梦寻仙

天子与王母赏夕阳妖媚欢筵对歌[②]

被文人墨客吟诗赋文推波助澜

天镜浮空　古榆繁茂

随娘娘金簪点化成定海神针

临池沐浴　王母超凡脱俗的万千姿态

娇羞成一帘春梦　如隔世恍惚难猜

瑶池佳话盛誉久远

千古不变　代代相传

（三）山水之幽

碧水凝镜　雪山倒映清流

人影婆娑　佳境缥缈依旧

雄山奇伟突兀在雪线寒光中起舞

风吹雨打　滋味与馨香馥郁不减当年

夏日消融　蓬勃生机随风平浪静潜滋暗长

悬泉飞瀑　如练如虹

水性杨花在涛声如雷中孔雀开屏

空间奥秘任脑洞新开成就视觉盛宴

水随山转惊人眼　耳听溪响漫晶莹
神韵瑶池　醉美春心

补注：

①20世纪70年代初，郭沫若陪同西哈努克亲王旅游，临湖吟出"一池浓墨沉砚底，万木长毫挺笔端"的佳章。

②传说3000余年前穆天子曾在天池之畔与西王母欢筵对歌，留下千古佳话，令天池赢得"瑶池"美称。

北庭,在梦幻中嬗变(组章)

(一)沧桑而神秘的记忆

一座城池
随岁月沧桑演绎梦幻与嬗变
历史的过往将博大精深传情致远
得天独厚冠之以物华天宝
成就其人杰地灵之性格美态
车师古道行进于蜿蜒崎岖
丝路文明镌刻缱绻本真
两千年时序递进源远流长
四百里辽阔拓疆翻山越岭于远方
古往今来北庭于骁勇挺进储存底蕴
金戈铁马在壮阔雄浑中回眸纵横驰骋
北庭都护经铁打营盘兵如流水
原始城郭掩埋亢奋隐情坚挺依然

千百年寒彻凝固血雨腥风笑傲昂奋
苍凉悲壮随刀光剑影幻映出勇武刚毅
黎明与黄昏随视觉交替思绪
记忆风起云涌趁大漠孤烟追赶晨曦
丝路通衢趁长河落日欣赏月影
遥想古道西风瘦马断肠人天涯飘零
却如今小桥流水人家东篱下菊采芳情
清冽可鉴的浩瀚书札被人为翻阅
汉唐厘定与清廷的调整变更借凭亲切
神州西域乱世一统繁衍着华夏子孙
中华文明美妙传承心驰神往回味悠长
传统基因随斗转星移令天穹放晴
欧亚聚汇的繁花似锦淹没了车马喧嚣
依稀犹记的沧海桑田浸润柔情似水
融通的潜质加速着商贾的行进
红花的芳菲逼近四海游人的眼神
西大寺洞窟壁画愈发灵验于时光追寻
侏罗纪恐龙群鸟在梦幻中展翼齐飞
千佛洞十八罗汉与大雄宝殿
随时光闻名遐迩
唐朝路宫楼阁影与花儿沟

春意盎然奇幻传情

（二）现实的唯美与煽情

北庭美轮美奂风情万种

如翩跹少女面纱初揭笑靥莞尔

随季节变换而生机勃发

四季诗情画意平添伊人风韵

风吹杨柳河岸青青枯木逢春早

夏雨温润荷池婆娑映影亭亭玉立清纯

秋菊苒苒新露沐浴越发金黄浸润

风物放眼北庭冬梅傲雪芳菲永竞

蓝天白云赐福北庭人生美妙五彩缤纷

大桥湾流水潺潺伴和五彩湾泉水温馨

卡拉麦里野马嘶鸣激荡漠狩万马奔腾

火烧山绵延的红色丘陵醉心而迷人

韭菜园绿茵如盖随庄户经营焕发热忱

昔日膻腥的羊圈台子依然放荡与煽情

石油天然气脉动跳跃灼然助推神灵

黑金与珍稀云杉携手奋进中脉脉含情

梦寐以求的希冀让步履敦实坚毅

龙口河白杨河韵流沁心剔透晶莹

博格达吐鲁番比肩齐脐

凝结富蕴牵手赤诚

新地农家大有百姓欢欣汇苍生聚民心

热切期盼让旭日阳刚寄托福分

古今通汇的三台老酒

在雅俗共享中滋润芳香酿造厚醇

诗词歌赋文人骚客忘情神游铺陈比兴

让星光大道冠军歌手

在众星捧月的簇拥中歌喉闪亮

北庭城响声在外　雷霆轰鸣

（三）在涅槃重生中坚挺

荣耀昌盛之城沉醉于旧瓶新酒

承载璀璨文明书写新世纪繁衍鼎盛

三山两盆的优美乐章随潮落潮起

续增丰盈仰慕成就天山北坡经济引擎

北庭人倾情于光怪陆离青春焕发

北庭涅槃重生追星逐月未来铺满锦绣

携手机遇担当倡导信仰先行

北庭怀揣复兴使命弘扬丝路文明

北庭人立志在魂牵梦绕中凝力飞奔

谋未来奋发有为让梦想脚步日益坚挺

扬鞭策马初心永固北庭人砥砺前行

大步流星尚借厚积薄发激发群情火热

在誓言腾飞中惊艳于未来积攒完美

为北庭世人探寻守护仰羡力挺

北庭人康泰共享安宁永续

表白梦想与爱的真诚

北庭祥和昌盛

北庭唯美永恒

伟岸博格达,让自信与历史说话(组章)

(一)

素誉神山博格达

年轻向上而沐浴芳华

游牧马鞭任其繁衍催生

灵性在光阴荏苒中变化刷新

挺拔生长一味高亢昂扬

自然年轮随岁月磨砺　青春热血倜傥

风雨尘雾无法打湿炽烈与奔放

夏日酷暑岂能撼动坚韧与刚强

坚守血性纯净虔诚

与生俱来追逐太阳一如既往

春去秋来　自我砥砺拳拳向往光明

龙凤图腾筑就刚毅恒显山脊神圣

浩瀚大漠精灵萌动而受仰祖神

准噶尔地标苍穹万年之辽阔广袤

东天山突兀崛起向往青春见证黎明

日月星辰沧海桑田　大西域与时俱进

身蕴睿智博格达勇武孤傲

暗夜长跃　明珠朗照灼烁乾坤之星

丝路旋绕　周匝顺延招徕四方融汇

商贾有赖至诚守信令八面换兑

古往今来进退犹存朝夕可陈

褒评山峦原本纯粹始终不忘初心

山有山的通灵　不变即为永恒

博格达山峰绵延叠翠已而人迹罕至

奇珍异草扑朔迷离遥望云雾升腾

天山雪莲花开洁净艳丽无比

沟壑纵横山花烂漫令人屏住呼吸

雪鸡马鹿常借此栖息生命蕴藏潜能

当归柴胡实惠药理为人类创造依存

谷地幽深清纯五彩缤纷目不暇接

一瞬间狂喜躁动让人疑似眩晕

铜铁资源陡升掘进平添欣喜亢奋

绿洲沃野博格达视觉剧增温存底蕴

借天池洗脚舒心爽身而傲人一生

趁山峦起伏河流纵横丰富唯美记性

世人仰羡博格达　多姿多彩风景

怎能不唤起原始激越与美好追寻

情不自禁　抚摸爱的本分

（二）

奇险造绝色　弄巧会佳人

三峰神峻昂天醉情

不比托峰珠峰弱身降分

瑶池洗脚盆里呈现英武俊影

云雾缭绕重峦叠嶂间

依然有西王母金簪宝气与玉肤香熏

文王佳话入耳听

隔世又有来访骚客游尘

丝路斑斓嵌绣五色圣水剔透晶莹

峰峰连玉屏七彩笼罩祥云妖娆袂裙

有说博峰造世忒年轻

脱颖而出三峰比肩山形

茫茫苍苍在天山雪海之上

英勇神武犹如擎天捧日巨人

有说博格达乃造物主天赐精工神圣

用峰脚片石可如利剑出鞘

轻松发力便击退气势汹汹来犯敌人

一场鏖战才刚刚启幕

殊不知顽劣凶残顷刻逍遁如齑粉

神乎其神则玄而有音

透露无限神秘又顷刻洗脑提神

故事可感赋予历史真诚

生活丰腴给予世人无限向往与憧憬

都说人间博格达　似神而超神

一触动情倾倒千万人

名声在外　胜比坐观天庭

奇险生烈焰　峻秀迷流芳

千峰青翠周匝环绕胜似锦绣江南

松涛呼唤原野　雀鸣招呼游民

草原葱茏叠翠春意盎然

绿草如茵陡然撩拨靓丽与频频煽情

漫山遍野山花绚烂四季神奇变换

谷底盛夏馨香馥郁万物欣然沐浴朝阳

半山或而衰草连天　雪峰闪烁灵光

消暑踏青奇景纷呈令人猜情狂想

雪线深寒翠雀金娇追捧雪莲

雪域高原痴醉雄奇强悍又柔美缠绵

博格达三峰并立银盔玉甲气势不凡

神奇雄伟势若等闲让人躬崇万年

擎天捧日雪海苍茫不乏强悍健壮

英勇神武令诗人骚客极尽仰羡可敬

元时长春真人丘处机诗赞有证

三峰并起插云寒

四壁横陈绕涧盘

《新疆图志》编修王树楠诗酣极甚

南山伸臂云天处

西域昂头到日边

盛传史记频叙且夸赞纷繁

祖显博峰高大雄伟之奇妙无限

骑者遥见下马步其道

行者望峰揖礼又叩首

官员路经忙不迭停车自觉下撵

膜拜祖峰成官宣受训与传世经典

博格达之博格达　西域疆土神圣守护

天山龙脉相传之定海法禅

紫气东升观风向

膜拜神灵显真诚

凤凰涅槃　皈依使然

（三）

心有博格达达则路路通天

胸怀坦荡意念宽广无边

富庶广袤又开启瑶池法眼

巴里坤烽燧连绵东天山蜿蜒崎岖

丝路古径周匝绵延峰回路转

吐鲁番火光冲炫熊熊烈焰不夜眠

燃亮北疆荒原大漠承平半边天

日月更旋　年复一年

人迹罕至的博格达峰

古往今来雄风犹在从容不迫

北邻准噶尔盆地倚沙而立浩瀚深沉

南接达坂城遥相呼应吐鲁番

铁瓦寺灯杆山与博格达一脉相连

一别数千年　神武再挥鞭

缘得神圣祖峰山　　天下又续奇观

任后人崇尚　　威严不减当年

1998年8月4日　晴空万里朗朗云天

亿万诠释山高路险岂有绝人之巅

历史记忆勾绘最美诗篇

中国人首次登顶突显光鲜伟岸

团队非职业一举盛名成攀登神仙

5445米高度岂止令世人顶礼摩天

上接星空下连地源神秘被珍藏山峦

脚踏实地心生翼

高不可攀梦难圆

一座山乃一个起点

一个仰望则一阵鼓点

世上无难事　　只要肯登攀

协作同心用力画圆贵在遵循守恒

意志坚定人格健全需努力发奋为先

匍匐拓展让人类文明日益逐梦灿烂

眼望苍海云杉　　茫茫际涯缱绻

棕熊作伴林泉常喧

马鹿比肩昂首东天山

河流纵横让灵动魂牵梦绕其间

山雀和百灵为期冀发出动听呼唤

乌金油气潜能让博格达山底蕴无限

三亿年造山顺水是你神奇再现

天山明珠美誉可感极度高赞

雪海苍茫依然挺立山间

雄伟壮丽与险峻造势令遐迩仰羡

博格达神圣绵延长生不老

峰顶裸露基岩让直率平添秉耿底气

博格达山脊环簇信念张力横生慷慨

信心充盈在攀缘中极限登顶

让高标永远着眼新生起点

携手誓言心怀初念让未来践行理想

壮美与奇丽令万千盛传群情奋勉

国旗飘扬国歌嘹亮的博格达

与广宇苍穹日月星辰一同璀璨

明媚灿烂　昂奋齐天

走进北庭（组诗）

故城记忆

断壁残垣　跨越千年记忆

一帧壁画与浩瀚书札

珍藏了先祖拓边开疆的印迹

瓦罐陶土的字里行间

人类生活之常态幡然进入

传吟历史　文明古国的大门轰然中开

车马行走在街市　还是原始索羁

有老妪牵孺亦步亦趋

算盘与杆秤在往来交易中不曾乏力

吆喝依旧　油盐酱醋辛辣甜

各种滋味杂陈　一应俱全

汉唐祥和与安宁　在运管齐备中行进

护城河内　铁打营盘兵如流水

城墙岗哨与吊桥随口令自然升降换防

个个持戟待命　管它北边还是南部

烽烟的长短预演着战事吃紧

夜帐的设置　还是士兵与将军的定位

只有岑参的诗稿

在晨曦与落日斜阳间变换韵律平仄

高亢的自然高亢　铁马冰河依然入梦

月亮升起来　太阳也回到原来的纬点

从东到西已而时过境迁　一切都欣欣然

车师古道

古道西风瘦马　那是诗家的炼词达意

车师曲途的初始状态在史记游弋

山路顺绝崖陡峭让羊肠依然蜿蜒崎岖

凝重的茶马古道在突兀中时断时续

丝绸的色线在期待中拉长抻伸

溪水山涧绿意盎然　希望总绵延如缕

千百年心手相牵任运命车来人往

心力锐减行程把岁月虔诚交给路人

不知不觉间产业衔接就有了终点聚合

年复一年　风雨无阻又周而复始

日夜劳碌疲惫也坦然行进在云雨之间

山重水复又柳暗花明　个个皆大欢喜

卡拉麦里

野花簇拥　辽阔视野被自然保护

鸟雀和乐　胸怀博大随野马撒蹄狂奔

荒漠与追寻起伏时刻流露刚毅与坚韧

流云在风中劲舞　雨雾随闪电穿行

原野自恃寥廓　梦幻入痴如虹

连年干涸曾狂风怒吼催季节多情善变

嘶鸣与蹄响随苍劲强悍越发清脆

牧人的长鞭　让时光追逐舒朗明丽

沧海桑田烙印故事　被普氏野性驯化

几十年自然新生孵化着灵魂碰撞

一脉相承　和谐可亲

倔强依恋野性　遭遇锁定深邃

勃勃雄心依偎红柳执着于大芸滋润

戈壁苍茫正适应舒展与纵深个性

时光荏苒　依凭广袤与苍劲让期盼经营永续

愿灵隽张扬　在驰骋纵横中款款生情

一坡泥土，让江布拉克绚烂多彩

一坡泥土　草长莺飞任季节调色换装

高坎流水潺潺河渠鸭鹅欢唱

星星随犬吠眨眼炊烟袅袅性格夸张

泥土芳香赖有泥腿基因梦想茁壮

布谷鸟呼唤耕耘应和成就麦芒温床

机声隆隆阡陌洼畦瞬间嬗变成广袤希望

雪白羊群沿绿毯呢喃洁白毡房

党参贝母油菜花不知不觉开满山冈

农人脚步轻盈落在了绿野山乡新拓路上

青春奔放热血睿智呐喊高尚

亮闪闪的眉色珠光将诧异引渡苍茫

路比期望宽阔　眼与惊异同框

浓墨重彩　诗的歌者做大了田野气场

田间地头自信铿锵　让翠绿挤满招摇五彩覆盖褒奖

时光荏苒　换了精进模样

古来周穆王会王母瑶池分溪圣水流淌
风儿渲染花海妖艳与情商　雨露滋润视网随泼墨雅赏
赤橙黄绿令节气徜徉刀挑岭风光趾高气扬
栈桥连接松涛　风吹绿茵汇聚海洋
农人的铿锵联姻原野渴望撵走迷茫驱赶惆怅
无人机视野放量让荒野草滩摇变畅想
山峦生产流韵滴翠点亮星光　半截沟一步三景人流熙攘
梦在麦场中圆润　向往在色香中成长
五彩缤纷的色泽浸润游人倜傥绚烂了时代芬芳
流金岁月让乡村振兴插上腾飞翅膀
路在脚下　风景在沟梁

云蒸霞蔚　麦苗的斑斓与金黄随日光拔节茁壮
热浪趁伏天火辣辣疯狂让裸露胸膛与焦灼争强
如雨的汗流打湿了青豆麦秆辛劳与明月碰撞
金秋抚摸畅想　沉醉任由张扬
麦芒的微笑挑逗着红唇羞涩的高粱
金灿橙黄漫山遍野镶嵌碧透翠绿的宝玉镜框
岁月溢彩流金让季节成熟绿衫黄毯个性张扬

一望无际的金波银浪煽情豪情万丈

镰在旮旯犄角赛跑机鸣让思绪舒怀开放

开镰只为梳妆　丰收呈现担当

麦垛在田间地头频频昂扬有意携手太阳

沟壑出奇彩　梦想让山冈扩大功放

大气从容的江布拉克将金秋流淌地老天荒

天然粮仓　唯美天堂

山是水的脊梁　水是山的娇娘

刀挑岭鲜花依偎绿草运命汇聚海洋堆笑写意放量

想怪坡奇异畅想　顺水行舟不为现代崇尚

车轮逆行而上勇敢脱离束缚磁场

黑涝坝明静清幽　麻沟梁上残垣断壁

厚重记忆汉代将士抵御匈奴的悲壮

色彩斑斓人生如梦的江布拉克

集聚了永不枯竭的观光独创与探访能量

五星定位褒奖一坡青翠金黄让世间交流膨胀

辉煌在麦田蕴藏　绚烂让未来寻访

信马由缰,情满巴里坤(组章)

(一)草原辽阔无垠,心向万马奔腾

落霞与夕照任群雕兀立绿茵草原

战马嘶鸣　毡房里牧歌悠长喑哑回想

思绪信马由缰　万里驰骋纵情豪放

东天山戈壁　巴里坤如一匹健壮烈马

随《套马杆》旋律　我心飞翔

自古西域产名马陡增自信

武帝太宗犹喜汗血宝马出神入化赫赫威名

巴里坤骏马憨头粗壮眼睛清亮夺神

号令疆场冲锋陷阵从不输历代名骏

体魄健壮纵横驰骋保持坚韧本分

一马当先引领万马奔腾

马阵神速超群突显独特无二本领

班超使西域岳家军平叛坚收失城

皆因骏马点兵助阵战功显赫勇冠三军

勇武精神尚在　名马遗风犹存

地缘巴里坤获誉唯美化身力之象征

马通人性强助阵　人识马诚生恋情

雄威健奔驭载超群屡屡比退伊犁荣登冠军

古来皇家钦定军马场　让四野荣光

短小精悍名马频出巴里坤声名远扬

任凭山高路险日行千里夜奔八百匹匹精壮

戍边兵戈征战沙场地域名骏当仁不让

巴里坤马头矮墩表面温文尔雅气息可亲

倔强脾性难藏几分挣死脾气时常险失分寸

无论亲疏有意惹怒前脚照样踢人

军需官聪明训马按五色奇妙划分

奋蹄扬鬃冲锋陷阵巴里坤战马屡建功勋

硝烟里助阵舔犊情深突显

纵然雷电连枪也机敏躲弹应对屠狼狰狞

传说枣红马临战送水佯装觅草麻痹敌人

马凭冲锋群情威武　兵赢决战勇增七成

巴里坤骏马骁勇临阵自觉具备天然名分

（二）古城远流神韵，甘露温情滋润

春秋浮沉　御笔镇西成巴里坤前身

大河唐城饱经风雨依然记忆犹新

沧桑满目不失气势巍峨与壮观

入夜听梆子声声烽火台燧烟阵阵

守城将士严阵以待搭弓上箭欲败来犯敌人

初唐诗人骆宾王随军曾有诗吟

晚风连朔气　新月照边秋

灶火通军壁　烽烟上戍楼

字里行间一派边塞风云战事时而吃紧

巴里坤自古关隘重镇不负虚名

大河唐城甘露川　千百年兴盛足仓过眼云烟

地下泉水大河源　清澈甘甜浇灌万顷良田

旱涝保收军备支援有力屯稼堆云说着实罕见

穹庐如天绿野苍茫牛羊眷恋天边

《敕勒歌》音韵在风吹草低中如意缱绻

古传周穆王赴瑶池　相会西王母醋性犯天
木垒戈壁滩干渴难忍寻水偷送被发现
玉皇情急打翻水碗化作一碗泉
驿站一碗泉　岑参携诗踏边关
蟠曲坡陀仍陡峻　马蹄虽乏不管颠
林则徐途经一碗泉　下撵饮马抱儿男
风餐露宿携妻充军佩龙剑
彻夜未歇灵机动　感叹天山落笔有诗篇：
晚暗风定豪帷坐　似依楼头看夕阳
人马争围一碗泉　夜半抢水沸盈天
又忆当年李商隐结伴娇儿行怅然
更念太白贬谪夜郎郡途经皓月吟天山
情思不眠灯火阑珊星光闪烁笼盖戈壁滩
一碗泉情系战事紧密生活古来缠绵不平凡
甘露川源出地下涌泉滋润绿洲记忆浩繁广流传

（三）粮仓兵屯强城，连年屯稼堆云

镇西岩画呈现古人类生活记忆襁褓

八墙子山顶岩画技法娴熟高超

突显虎狼威猛盘羊温顺与人蛇逍遥

凿刻技艺独到让艺术家每每心跳

蜂窝崖里争异彩　千佛洞中藏奇妙

碑林碑刻园林庙宇显示出汉蒙文化协和至高

八大商户携四大宅院与县衙微缩景观

自然筑就博古达今之桥梁通道

陶器铜镜似乎成稀世珍奇

灰色地砖与莲花瓦当任考古扑朔迷离

巨石磨盘与陶土废器见证规模宏大之屯粮基地

汉城南街八座仓廒满屯突显粮仓庞大

古来农业鼎盛直挺军需实力

诗人纪晓岚诗意兴比分明：

烽燧全消大漠清　弓刀闲挂只春耕

兵屯粮仓足见硝烟缓升农事连年兴盛

自古岩画反映历史生活

大河唐城屯田集粮形成巨大规模

城北粮田万顷城南湿地溪流婀娜草地丰茂肥沃

盛名甘露川野花绵缀绿茵生机勃勃

历史记忆当年原貌家喻户晓
兵屯户屯催促亦兵亦农良田丰饶
一勾新月呈现阴冷清皎
北方寒气吹凝戍边战士盔甲战袍
晚餐灶火映红帐幕旗吊与大漠良宵
腾腾热气温暖消歇了耕归兵士的疲劳
烽烟弥漫又麦浪滚滚　登楼战必役退则屯粮练操
千百年亦兵亦农丰收绵延富裕丰饶
巴里坤前窗见南山出门踏绿草
纯朴静美突显出狭长的苗条与妖娆
"屯稼堆云"高度概括地域优势的原始味道

（四）沧海桑田路径，历久苍茫浮沉

巴里坤湖水荡漾微波泛起粼光
两山夹挟成 S 模样绿茵伴花香驼铃远山回响
成吉思汗饶兴骑马登高俯瞰山下似虎腿形状
泷湖清冽又增进征战枭勇的激情助长

天山之阴松树塘　翠绿或金黄自古硝烟连战场

夏暑炎热高寒清凉此地纳爽蕴藏

文人骚客成诗入瘾汉代司马随军嗟叹也徜徉

诗言一松稍红一松墨绿互助情窗

墨欲成霖迎赤日　直把森林陡变赛诗场

古传读诗碑遭风雨惩罚　说也荒唐实则呈祥

遮风避雨防寒辟邪锐减恐慌

汉将岳仲琪率军悍强

屯垦珍研裴岑纪功碑遐迩闻详

石碑镇海安定四方　燃草试碑或而一辨真假

避火弱寒曾惊动皇上　信否何妨

贞观盛世奉行礼仪之邦　丝绸道路营运绵长

机弩射石驱逐劫犯侵扰

千石云飞如墨翟公输对决张扬

金鼓动天地　高旌蔽日长

历来如秦汉出师　威武雄壮

6000年历史沉淀　巴里坤古往今来倔强跳跃

古丝路北道进疆首镇善于驰名领跑

清廷命名镇西取商都名城案牍较早

怪石岭鸣沙山西黑沟不胫而走向天下公告

千百年沧海桑田历史记忆迢遥

大河古塘城与大月氏王庭兰洲湾子遗址保存完好

28座烽火台硝烟弥漫400里

至今被后人追忆日益走俏

青稞大麦充盈富足成牧人崇尚大宝

巴里坤素称古牧国只因足屯谋生从未产生焦躁

天山松雪任镜泉宿月又黑沟藏春

百川西流沙大山藏兵营陡然提升人气高傲

左宗棠收复新疆　北路粮运需农耕牧商

肥沃广袤的巴里坤孕育肥美牛羊

中原文化源远流长融合西域北方梦想更高更强

俗话说镇西亲扯扯秧根

镇西乡人诚实守信豁达性情

舌尖镇西个个神　小麦青稞借凭技变翻新

咸菜酸菜搭配创新各色餐饮

镇西粮仓旱涝保收经营利润逆天忙坏算账先生

……

（五）天山曦照月朗，前程无限放量

新中国旌旗猎猎　三山五岳气势巍峨浩气磅礴

开国领袖毛泽东欣然挥笔指点江山

镇西旧历名额有碍民族融和务必重塑

瞬间回归巴里坤新历赋予历史运命与长河

时代换新貌沧海桑田已蹉跎过往

大团结光芒四射毡房草原与山梁

季节冷侵巴里坤热涌吐鲁番风让敦煌近邻扑朔迷离

处处阳光灿烂巴里坤充满蓬勃生气

驼铃声声万驼组阵令州县相邻一鸣惊人

草地苍茫无垠如茵如海一碧万顷

汉满两城首尾呼应　恰如两条扬子鳄浮游江河

成就这"瀚海鼍城"之一世美名

兰州湾野玫瑰馨香扑鼻

小桥流水风光旖旎成一隅仙境

东天山雄伟壮丽北麓更显神异衬托物华天宝

风和日丽霞霓高照白云断划中天蓝穹呈现奇妙

山道环绕悬崖陡峭松林逶迤墨翠秋黄令人惊叫

朝发夕至首府都城巴里坤乡邻紧紧依靠

老爷庙敞开大门　新疆与外蒙携手联姻

南来北往抢占制高与时间勇敢单挑

扶贫不等靠伸手招来财神

自主开放用心灵活经营

致富道康庄通衢长驱挺进一路飙升

更有雪莲蘑菇益母草孕育草原三宝

联袂乌金油气自强自信远近招摇

三塘湖风能与光能日照领先新疆与全国赛跑

双峰驼透出巴里坤人脚踏实地

沙漠行进给予渡情者持久耐力

大雁鹅细毛羊与鹰隼巴里坤骏马同等呼息

风情园内绚百彩哈萨克舞蹈异军突起

奶茶抓肉与《黑走马》《走熊舞》更长了志气

人说庙宇冠全疆地域信仰围绕团结主题

二百年古村落民宅蜕变风霜外衣

胡杨林硅化木让巴里坤与奇台木垒结成坦诚兄弟

座座山峦千疮百孔镌刻时代沧桑与更迭奋起

石人岩画印证巴里坤自古多技能手艺与文化传递

汉文化源远流长不断影响输入西域

确立爱国主义和民族团结教育典范基地成应有之义

湖滨生态园"草原之夏"坦露巴里坤博大与静好

"金秋之夜"透视民族大融合美妙气息

巴里坤日益弘扬山水底气内联外引刚柔相济

纵然有千难万险雾霾泥泞与疫侵沟壑紧逼

未来乐陶放量巴里坤依然挺进辉煌再创美好

前瞻中纵马驰骋　康庄赓续无与匹敌

补注：

（1）巴里坤古称蒲类国，古丝绸之路新北道进入新疆的第一重镇，曾是西域三十六国之一，历史上曾有过甘露川（唐代）、巴里坤（清初）、镇西（清代）等不同称谓，一直是中原王朝经营西域的政治、经济、文化、军事和交通中心。巴里坤素有"古牧国""文化重镇"之称和"万驼县"的美誉，是新疆历史上"三大商都""八大名城"之一。1954 年恢复巴里坤县名。

（2）巴里坤古城由汉、满两城组成，距今已有 200 余年历史。汉满两城首尾衔接，登高俯视，苍茫草地一碧如海，而两座城如海中游动的两条扬子鳄。此景常触动文人诗情，使获"瀚海鼍城"之美称。

（3）裴岑记功碑。永和二年（137年），敦煌太守裴岑率兵与匈奴兵战于蒲类海，大获全胜，赢得十三年安定，遂自立功碑，传说真碑遇火即灭。又传巴里坤（古名蒲类海）地域临近湖泊沼泽，原本潮湿寒冷，但自立此碑后，天气由寒转暖，即又名"镇海碑"。

圆梦有色,让太阳辐射光辉(组章)

(一)可可托海之沧海桑田

四面环山　含蓄隐藏

人迹罕至曾预演狐兔围狼

七十年前　衰草连绵四处荒凉

古老的神钟山曾断绝鸣响

当列列欧式绿顶黄墙被疑惑冲撞

当有色人铿锵揭开千年沉睡之迷茫

霎时间　五湖四海拓荒者脚步匆匆集蕴倔强

退伍复转老三届怀抱理想追随科学巨匠

古怪煽情的歌谣不再是可可托海牧人专利

献身有色　掘金的周详部署唤醒这沉睡的旷野山乡

壮胆实践　万千有色人靠苦干实干撑起伟岸山的背梁

梦想忘记疲惫让爹娘子孙依赖山川滋养

额尔齐斯河沿蓝色河湾顷刻间碧波荡漾

高峡平湖让石门洞开彩绘人生倾泻爱的阳光

当理想插上翅膀　不是鸟儿

圆梦有色也能让信仰飞翔

季风改变行程任时光往来匆忙

激情燃烧岁月让这白纸负载希望

在雄鸡尾巴尖挖沟打桩

让分割的沟坎连接山峦驱赶苍茫

在中华聚宝盆搭建地窝急切搜索河床

让原始勘探会合测量成就这有色人梦寐以求的荣光

谁言没有芭蕉扇难过火焰山

大雪封山　天边心手相牵

胸存真情让温暖关爱传递惊异目光

夜以继日不知不觉将荒山野岭创建新镇

争分夺秒七十年坚持不懈满怀豪情斗志昂扬

谁曾想志在有色成为万千好儿男初心理想

谁曾想四世携手艰苦奋斗人人使命担肩共创辉煌

天然陈列让功勋矿山名扬天下

有色梦想让遥远的可可托海随太阳日夜辐射光芒

矿山标杆把期望与温暖留给后人分享

当阿山的风儿携雪霜从豁口冲来

膻味十足的羊皮大衣煽情整个季节人人风流倜傥
白桦林镌刻记忆儿子娃娃依偎着父辈躯干歌声嘹亮
神钟山承载缠绵情谊与大嫂大妈的呢喃与滋养
满手老茧与风骨随流年书写这前世今生
执着与坚韧烂漫了殷情的山峦河川与鸟语花香
一任欣赏与徜徉　谁能说诗只在远方

（二）矿脉记忆

一册书札　记录百年沧桑
一个符号　闪烁灿烂光芒
三号矿坑之记忆融合着历史追念
超常深度无法用语言概括与丈量
环形旋升的路面绵延奋斗基点
无限广度让国人充满自信与高亢
三年自然灾害勒紧腰带勇敢冲向战场
力争志气无惧前苏敌对与毁伤
忍痛先采富矿继而狂飙掘进
只为外借欠债提前解忧
马拉矿车三班倒会战保出口挣得绝色荣光
风钻连镐头紧握手中枪让手选机选交替称强

矿洞阴暗潮湿如迷宫声嘶力竭携手挺进

锂铍铯钽铌绿柱矿床力擎国旗猎劲飘扬

尊严保誉敢担当　助推两弹一星让国人胆升气更壮

大鼻子哼叽蓝眼睛斜视与罗筛胡翘动异常

不过是一时恶意较量与潜在疯狂

中国人顶天立地龙的图腾心明眼亮

要让死灰矿石恢复自然灵性焕发七彩光芒

氢氧化锂陡热　人造卫星繁忙

上天揽月神勇　有色奋进昂扬

汇聚星河灿烂照亮宇宙让未来坚实远航

抗美援朝发挥能量　原子核对神威无限

仰仗有色奉献青春人人激发爱国情商

矿脉的深度是热爱祖国的温度提升

双手厚茧坦露着初心不改使命担当

让矿坑口径拱架跨越欧亚的桥梁

让超大弧圆俨然成为丈量地球的周长

车道旋转上升已而连接攀月天梯与坦途畅通康庄

有色成长与共和国崛起复兴依靠这力量承传与精神弘扬

功勋矿坑　浓缩着民族倔强与海纳百川之胸膛[1]

礼帽开敞　足见气魄宏伟与蕴藏的巨大能量[2]

埋也深沉　掘更辉煌

（三）核聚之裂变

核聚生裂变　八方奇葩盛开

遥想当年　喀拉通克高地冰封时节

铜镍欢乐交响始终有一股不可战胜之力量

色泽金黄如初升太阳银光闪闪记忆性格柔绵而富于刚强

淬炼加工方成重器瞬间毕露锋芒

曾记阿希戈壁寻宝为伊犁产能骄王

山上风餐露宿孕育着坚韧与铿锵

夜空如被壕沟为床头枕荒丘陪伴星月进入梦乡

狼嚎狐窜野马嘶鸣隔空传响

挡不住掘地生金为未来迎娶嫁娘

为有色而生生得伟岸

为金铜镍铬而苦苦得刚强

巴音布鲁克的悠扬传唱沉醉了西部歌王与刀郎

结伴有色青春无怨无悔让运命焕发容光

不曾忘哈图掘进梦想缠绵个个斗志昂扬

山峦叠嶂隔不断夫妻父子凭信念坚守相望

油城百里外临建营房争先奉献成大众时髦愿望

运石矿车穿梭往返让时速快乐超常

重岩叠嶂只为掘地融金增国力

舍小家顾大家无私忘我　人人何等荣光

犹忆哈密旷野炼丹无惧飞沙走石狂风恶浪

山峦起伏饱含沧桑前景依然辉煌

道路崎岖青春与热血一同激越膨胀

翻山越岭只为戈壁创新储备有色能量

选厂球磨机变奏疯狂恰似向前向前歌声嘹亮

偌大的砂筛抵不住淤泥粉砾的紧张碰撞

狂风暴雨的喧嚣恶浪赛过庖丁的锋刀

精工的淘金技巧胜似手术缝合羊肠

化合能量让期望点铁成金

激情的熔炼让勇敢挺进自由飞翔

梦想的天堂须经历西天取经的迷茫

畅想在原野酣畅让欢欣在辛酸中较量

提升理想狼的吼叫加剧了安全的提防

身在旷野他乡任凭父辈年衰儿女弱幼牵肠

心怀有色冶金兴国炼人图强至上

梦犹甜美　苦也溢香

难忘天山脚下瑶池圣水流淌

镍的辉煌还须西王母能量助力相帮

新市区大开发大干快上离不开精铝加工逞强

电解须高压　企业翻身依赖摩拳擦掌

锂盐平添至伟　粉末凝结合力继而强中又强

聚沙成塔何愁大庇天下缺少遮风挡雨的巨厦高墙

时代放量　有色七十年沧海变桑田

都市与僻壤仰仗劲使一处齐心向往

相互彼此羡赏　享受同等风光

（四）全新之思

白桦林昨日风韵犹存活力依然奔放

秋色妩媚景色撩眼终不及春日鲜花烂漫

经济转型让阵痛在奋起重生中消亡

神钟山历来顶天立地已而气冲霄汉

改革如东风浩荡开放极尽创新普惠民生滋养

张扬个性淘汰幻想让现实催生新的理念与畅想

建广厦千万间促社会和谐民族日益兴旺

俯仰世界须背负青天小肚鸡肠何谈来年兴业毕露锋芒

脚上无泥底气自泄又怎品万顷糯田稻香

仰望金字招牌　怀揣有色新梦

无私奉献创伟业立足岗位吃苦耐劳续争国光

带上全新安全之帽　再创立一墙水泥标杆

让满溢金辉的有色旗帜号令集结

以诗为序齐奏交响书写新的华章

补注：

（1）"功勋矿坑"即指可可托海三号矿脉之三号矿坑。三号矿坑是世界已知最大和最典型的含稀有金属矿的花岗岩脉之一。矿坑长250米，宽240米，深陷地下143米，状如古罗马斗兽场。三号矿脉蕴藏着稀有金属铍、锂、钽、铌、铯等共86种矿物，占人类已知有用矿物种类140种类的60%，稀有金属占到矿山储量的九成以上。该矿为中国偿还苏联债务，为核试验、人造卫星等项目做出巨大贡献。后受到国家重点保护。

（2）"礼帽"即指三号矿脉大矿坑状如一只翻转倒顶、帽檐朝上开敞的礼帽。

凉秋妩媚,催生喀纳斯醉美神奇(组章)

昌吉以北　折西驱驰二千里

喀纳斯上演秀美神奇

都说九寨沟人在画中处处美丽

喀纳斯之美犹如画在心里生花妙笔

山水喀纳斯高山湖泊缠绵偎依

北国雪峰傲居映照光阴雄浑无比

扶南国风韵绿茵如盖雅致灵气

舒阔而不放纵　颔遏而不拘谨

艳阳蓝穹　仰望绿野天际松柏林立

登高俯视又湖面平静碧水清澈

清风徐来微波荡漾叠翠旖旎

雪白远山比肩层林连理

倒影水面令游人慕名惊叹

有湖怪魔幻谍影更催人怦然着迷

自然天作之合蕴美于心又突显神奇

(一)"三湾"佳境美丽诱人

秋末时节　温润以待

结伴驰北穿越毗邻布尔津

目睹喀纳斯娇妖尊容双眼醉美迷离

山间气候凉爽湿润气息清新扑鼻

野草花香随风扑面呈奇光异彩

河涧流水欢悦伴晨风韵律舒展双臂

旅途渐趋通阔松柏夹道高耸挺拔迤逦

常青伞盖遮掩大山视野洞开美景处处珠玑

河道蜿蜒曲折胜似月牙弯月连着天体

温阳透过山间泻照妖艳液面

波光粼粼如钻戒闪烁层次推移

恰似含羞少女犹抱琵琶半遮容颜任由飘逸

绿水临岸桦树满眼晨光令季节装扮出奇

碧绿透黄橙　彩裙伴素雅

平易高洁蓝天白云掩映表里如一

月亮湾娇媚而不造作风韵而不猥亵

从容坦露胴体突显意趣磅礴大气

一泓清泉如明镜　青山绿水沼泽枯木汇集惊异

似岛非岛似湾非湾之卧龙滩今非昔比

滩头低回四面苍林包蕴若龙首高昂

虬曲凌空跃起更陡增峥嵘自信与蓬勃锐气

滩湾狭长水流渐趋深沉树木步步攀升

山林一时寂静无声清凉与翠绿贴近周身

不知在恭迎新友还是为圆满造访默默送行

两岸山势笔立苍翠碧绿环抱又浓抹重彩色泽欲滴

晨昏雾气满沟双眼朦胧呈现虚无缥缈

山风微送漂浮若仙殊不知"神仙湾"还是"神仙岛"

"说岛没有岛，说湾不见湾"游众纷争缱绻始然

（二）观鱼亭揭开神秘面纱

美丽诱人喀纳斯　妙龄芳容万年

艳阳高照白云缠绵盖头神秘妖娆

苍翠秀色缀满青山夺人碧湖映照蓝天

宛若硕大无比的蓝宝石在大山深深镶嵌

阳光与松柏交相辉映肥腴腰身泛着夺目光艳

观鱼亭下游人熙攘唯有沉醉与缠绵沿湖盘旋

拾级气喘依然喜滋滋乐呵呵不减妒嫉与叹羡

制高观览怀揣天下　众山皆落脚尖何其风光无限

欣然勇攀登　期待一睹神仙胜境

近在咫尺心驰神往众星捧月观鱼亭

淡忘疲惫烟消云散轻松惬意壮登临

凉爽清新增记忆　沁人心脾拂乱尘

大山争跃动河溪似龙腾心潮热涌让两瞳放光

雪白羊群倚山轻盈蠕动如飘落白云

喀纳斯湖面偌大无比一碧万顷

苍松翠柏绿草簇拥倒映水面幽静湛蓝艳丽夺人

湖水顺流山脉崎岖延展渐行渐远

参天树丛高擎无比织绳厢板搭起原始部落

图瓦人村寨依稀可见正吸引无数游人

袅袅炊烟流水淙淙与间歇笛韵遥相呼唤共鸣

无限奇观与内敛冲动又恋恋不舍脉脉含情

传说百年湖怪常掀巨浪谜团迭起

科考捕探屡屡空网难破世界神秘难题

湖泊五十余里深水近皕米令人惊异

莫不是恐龙现世岂能让滔天巨浪催生扑朔迷离

中外游人摩肩接踵大都想一解谜底

央视播报消息噪声四起又增添神秘邀约机理

谁曾料喀纳斯环湖为大红鱼哲罗鲑故乡福地

旅居往返惊扰令鱼神暴发出巡域示威脾气

哲鲑鱼通常五米谁知喀纳斯湖颐养顺意

据传老寿星巨无霸体长十余米近卅吨意外窃喜

消息不胫而走　鱼界骤传神奇

亲历畅游方知喀纳斯神秘因由让世人享受无比

（三）夜市烧烤撩拨情致

额尔齐斯河畔孕育布尔津县城

喀纳斯天然门户又接转如潮游人

人口稀疏尕县城如今处处鼎盛

风生水起让原始荒漠荡然无存

大厦高楼鳞次栉比平坦宽阔八方通衢纵横

绿树掩映香草遍布让边镇花枝招展妩媚动人

自然清新车水马龙伴随和谐歌声

生情夜晚更令人神思飞扬忘返迷魂

黄昏时分华灯齐放人群熙攘烘托四方安宁

数百米外依然感受街面经营喧嚣与繁盛

烟雾缭绕膻腥与香辣烧烤突显张扬个性
围坐举杯扑鼻鱼香更有独特体味瞬间诱人
色泽焦黄脆口鲜肉细嫩滑舌让贪欲十足狰狞
胃口爽开垂涎欲滴呈现美食家品评的天堂佳境
青鱼草鱼鲢鱼狗鱼五道黑名目繁多价廉而物美
适才活蹦乱跳充满生命渴望不袋烟转移性灵
过油红烧清炖汤煲切片熏蒸人人海夸叫好
干煸焦麻火锅氽汤更配豪爽煽情的麻辣烧烤
五味俱全色泽纷呈让世界刹那间充满美妙味道
开一瓶"嘎瓦斯"哼一段隔空小曲儿
酣畅淋漓妙不可言　自然溢美逍遥
一日游仙景胃肠更开窍都说乐陶陶
即兴游走喀纳斯　感觉真好

补注：

"嘎瓦斯"：一种类似南方米酒的俄罗斯传统饮料。

一滴眼泪,足以让世界惊愕(组章)

(一)

一滴眼泪　化作苍山脊梁之湖

大西洋的风雨[1]

让蒙古族小伙切丹与雪得克姑娘

在赛里木湖畔　长相厮守

不知千年万年

云儿随季节变换

晴雨任歌声百回千转

净海风景绝佳成西域奇葩

在丝路北道圆润壮阔之胸怀

以西来异境与世外灵壤夺高海拔

清末文人宋伯鲁诗语极佳:

四山吞浩淼　一碧拭空明

足见赛湖雄旷清澈又自然潇洒

胸怀博大呈海纳百川之势

水天一色令南来北往柔情绵延昂扬奋发

依偎高山雪原构造奇特神秘组合艳丽奇观

湖岸花海秀色可餐湖光山色令人垂涎

视野旷达水映蓝天色泽纷繁斑斓拥岸

诗人艾青曾诗兴如火燃

一见湖水誉称宝石兰

心荡神驰感慨何止万端

岸是水的眼　水是岸的天

（二）

波光粼粼游友携手冰蓝

艳阳天清让华丽旋转

芳草拥碧翠广袤张扬连接长天

柔和同迤逦遂性缱绻

清波平铺浩渺　银河闪星万点

水浪随性扬花与飞鸥频频作伴

雪峰映着游影让湖底鹅卵簇拥双肩

臂弯荡漾在云彩的视线

绿水青山让梦幻又推波助澜

湖心遥远离岸　神秘随思绪绘制长卷

有道是　潘多拉魔盒打开了襁褓的摇篮

清澈是媒介　独我是乐天神仙

月亮湾清澄碧透胜过蓝天

山外连山　天鹅灰鹤嬉戏月坛

船外吆船　东北向水域盛传灵虾湾

鱼虾常伴水神仙游弋万年

偌大天镜圆过月亮眉睫是泗渡舢板

湖岸叨羊环绕雪山

几路赛马向天际狂奔毫无羁绊

天地姻缘自然成全流连忘返

横舟彼岸渔火正勾兑缠绵

白昼的热瓦甫冬不拉与马头琴声还萦绕山间

夜幕下毡房里余音袅袅有鼻声正酣

天连地　万千思绪化作丹心一片

地接天　湖与岸已而情诚无边

当流星划破白帆

银河置身湖湾牛郎与织女携手可牵

一帘幽梦　惬意非凡

（三）

东海聆听涛声　汹涌拍岸惊心

期待把夜幕撕破晨曦初露又万马奔腾

人说天上人间何出此独好风景

自然造化更注融合天人

流水浸润高山佳音

冷水钩虾灵动轻盈胜比娇媚清纯

结伴栈道造访天庭

湖心荡漾波光晶莹让梦幻与惊异同生

驼铃声声马嘶林啸听山野和鸣

谁在歌声悠扬搅动流云

有意拂动了七仙女悦目彩裙

斜阳西下　丫枝栖鸟信守夕照黄昏

一营房车举杯千巡

草原是新娘　湖影是媒亲

透过湖岸看星光

漫天璀璨伸手摘与星星

抓片彩云给媒姻

谢你一路伴行又扶我新娘一程

自题云云：

亲水湾间任倩婷

浪花一朵掬清灵

湖光山色艳阳好

恰似媒缘伴露萤

（四）

十里长堤　最是人间生气

砾石湖岸是别致的迤逦

浪花相拥令人动情到窒息

如雷涛声任摆渡小憩依旧彼伏此起

弧形曲线绵延数十里赛过美女腰肌

脚被魔力感动　影随雪山迁移

冷暖自知形神兼备的风儿

任季节微调温柔　思恋消磨焦躁脾气

大石形神兼备　风帆直挂入溪

洋甘菊与亚麻兰花牵手披肩红彩绘交替

花季赏净海　别有一番情趣

迷彩山里爬地松簇拥点缀黄山坡

滩石如金蟾顺凉亭攀爬仰天跃起任喉舌狂翕

祈福人间　恩惠雪山湖泊与广袤草原

春去秋来和谐共生　不弃不离

曾忆蓝色冰面深邃　冰泡湾里奇异呈现

透视湖床不断喷洒绚烂

寒冷凝结梦幻　雾锁气泡成中空奇观

友谊打卡熙攘接踵成潮流推波助澜

一岸花海　一湖灿烂

（五）

盛传千年　成吉思汗率军南征北战

二十万大军饮马湖边点将台巧设祭敖包前

下马祭湖被铭记永远可汗湾万年流传

偌大的敖包　八旗的高杆[2]

金戈铁马西征扬幡

驰骋中亚气势磅礴威冲霄汉

一湖山水有神通　尽显王者风范

遥远清朝年间　察哈尔部落西迁驻守边关

湖岸草甸一望无边如今是思乡家园

野百合郁金香格桑花花海连天

山坡毡房点点牛羊成片

花海湖岸橙黄红艳如金边银边

大气金莲金黄夺爱融汇马兰花紫色斑斓

赛里木湖芳香四溢似腰缠万贯

一帧帧画廊天成赖有云杉桦林铺垫

墨色玉韵依偎着裸岩雪山

低矮的青牛泉眼昼夜不歇喷洒波澜壮观

汩汩滔滔银光闪闪赐予珍珠串串

杉是水的帆　水是杉的船

万类霜天自由躬亲灵动无限

迁徙水鸟在菖蒲水葱中依偎撒欢

百鸟湖口栖息觅食成鸟儿乐园

马鹿雪鸡斑头雁认准了夏风与秋蝉

天鹅银鸥灰鹤在这迎接春的爱意享受秋的缠绵

乐在一湖清澈　爱在可亲自然

突兀松树头　景观藏垭口

南下伊犁果子沟一望奇趣难收

登高远眺颇多惬意消受

云雾缭绕恰似银河九天飞瀑泄流

若白马奔腾千万里

波澜壮阔任性不羁向海流

抛了美人绣球　接了官宦彩头

谁不心潮澎湃刚也柔

都说七色彩云抢了赛里木湖风头

燃烧的晚霞罩住了美眉的盖头

来去悠悠　流连忘返走了实在内疚

心醉赛里木湖　稀世蓝宝被天山拥有

一滴眼泪　不曾留恋大西洋

只因西域情怀又溢美风流

千年万年　虔诚守候

补注：

（1）赛里木湖古称"西方净海"，蒙古语称"赛里木淖尔"，意为"山脊梁上的湖"。赛里木湖是新疆海拔最高、面积最大的高山湖泊，因是大西洋暖湿气流最后眷顾的地方，所以被称作"大西洋的最后一滴眼泪"。

赛里木湖被称作大西洋"最后一滴眼泪"，相传由一对深情相爱的年轻恋人，切丹姑娘与蒙古族青年雪得克双双殉情深潭的泪水汇集而成。

（2）可汗湾与点将台是赛里木湖西北岸景点。相传公元1219年，成吉思汗率20万大军抵达湖湾饮马休憩。自此，便留有蒙古族将士前往点将台祭敖包前，在此下马祭湖的习俗。

点将台在最高处气势恢宏的平台上，有直径达13米的敖包，周边挂满了各色哈达。敖包两边各有4个高大的旗杆，象征蒙古族八旗，旗杆底座直径为5米。当年大军西征，曾饮马色特库尔湖（今赛里木湖），筑台点将，然后从松树头越天山，西征伊犁，遂占领整个中亚。赛里木湖西岸点将台，七百多年来受到蒙古族人民的供奉朝拜。如今站立台上，仍可感受到当年将士金戈铁马跃天山的磅礴气势。

那拉提之恋（组章）

（一）牧场花乡之爱

可可托海牧羊人

朝夕依偎在桦树林

恋情旋律日益缠绵悱恻

养蜂女纯洁善良胸怀温柔[1]

脉脉含情在羞涩与绯红间驱驰

运命抉择让悲欢离合挑战极限

原始冲动不再牵强附会

隐隐作痛　本能地远离已有表白

不得已辜负了美好期待

他乡伊犁或许是她生活向往

无垠草原与花香催促她经营新爱

蜂采百花酿纯蜜　情随心甜孕育媚态

平心静气抛弃傻傻等待

信念执着大胆豪迈　要把爱

留给最迷人期许与未来　让那拉提

一如既往地催生永恒精彩

那拉提黄金季节夏牧场(2)

山清水秀让遍地石头陡变人畜温床

雪莲谷毡房连襟如竹节随岁月疯长

雪白羔羊点缀绿毯似蓝天撒满星光

文人骚客有诗信手拈来助力魔方：

三面青山列翠屏　腰围玉带河纵横

字句力挺张扬饱含审美夸张

绿茵满地花团锦簇那拉提

融合哈萨克风情被世界冠以四大之一

旷野山花烂漫美丽盘旋升级流韵缱绻逶迤

溪泽流淌浸润出向阳坡柔美气息

河谷山间牛羊成群毡房连接星星点缀缠绵

游人沉醉欢欣冒雨滑草一望无际

乘风破浪享受超速奔涌与醉人的激情刺激

（二）空中草原之媚

空中草原平均海拔追两千趁势夺高

群山环抱让那拉提壮胆立体招摇

夏牧场碧绿熏蒸诱人艳色铺天盖地

勿须撕扯喉嗓向世人尽情述说美丽与奇妙

野百合郁金香携手蔷薇金莲花

暗送秋波频频展示妩媚妖娆

柯孜拉霞瀑布与庐山飞流奇观有意较劲[3]

痴醉诗仙又心怀忐忑欲误笔唐谣

巩来斯河水清澈明亮

白云缠绵蓝天草原依偎雪山滋养

绿色谷地围绕太阳坡尽情歌唱

春暖花开河渠放荡水漫山冈

南来雄鹰捎草种年复一年遂成绿茵浩荡

望天洞里别有洞天云雾缭绕

长方巨石更显梦幻奇巧和原始神往

史传玉皇大帝后花园红花籽莫名泄漏人间天堂

摇身幻做美丽红花般窈窕姑娘

爱恋人间天仙配激怒玉皇下派天兵天将

情郎含冤陡变青山盼归离散娇娘

望天千年望穿岁月断了柔情肝肠

草碧繁花似锦　牛羊成片围屏

莽原绵延起伏森林刚挺倔强

松塔沿沟擎柱摩云山泉溪流密布纵横

携手蓝天白云成就这草原空中幽灵

仲春时节碧菁繁茂草高花旺

美丽得胜称"鹿苑"让群落云游狂想

夏季热烈百花煽情一派姹紫嫣红

野罂粟娇嫩欲滴金莲花黄而鲜艳夺目

紫色薰衣草沁人心脾党参花似白色灯笼

雪白羊群不时环抱缤纷炫目的毡房穹隆

那拉提充盈灵秀与壮美又气度恢宏

（三）和亲缠绵之悟

人间仙境那拉提处处妩媚令人向往

周匝坦露柔美历史秀出战袍催人回想

犹忆成吉思汗率蒙古军西征

饥寒疲困压弯了将士脊梁

潺潺流水滋润繁花似锦的山峦草莽

仰天遥望那云开日出与如血夕阳

沙哑的喉咙终于众口惊呼　祥祥祥

夏牧场流翠飘香泛滥金黄

心猿意马谁在绿海飞舟驰骋汪洋

柯孜拉霞瀑布汇集涓涓细流

震耳欲聋传递骠骑女佣同浴忆愁

草原部落成世界首驱范畴自然拥有

源于哈萨克族历史民俗与文化温柔

游人体验乌孙国王迎娶公主解忧

故国乌孙与部落勇士出征战斗也目及身受

遥想当年　大汉王朝和亲酿蜜甜

细君公主远嫁融汇家国缠绵：

吾家嫁我兮天一方

远托异国兮乌孙王

穹庐为室兮旃为墙

以肉为食兮酪为浆

历史风云与草原风情透露思念家乡

淳朴与善良酿成大汉和亲共枕辉煌

日思夜想盼望草原升起不落的太阳

雪峰连绵墨绿冷杉与杏黄色桦树林遥相呼应

山花烂漫草长莺飞让行旅者在美丽的空中草原骏马驰骋

环境幽雅风光秀丽让蓝天白云向世人屡屡传情

冰草羊茅更见糙苏苔草百里香

人间仙境那拉提绚烂五彩突显蓝紫红黄

（四）梦寐以求之期

走过喀拉峻　辽阔俊美心花怒放

睹物八卦特克斯　四海云游安详

经夏塔古驿去探险努力撑强

裱一幅山水国色夺目橱窗

油菜花把昭苏金黄亮丽平铺赛场

春夏秋冬谢太阳　满目新绿百花齐放

霜天红叶更显烂漫徜徉

素裹银装　前程清丽明朗又续辉煌

据说那拉提四面拔高最先见到太阳

哈萨克族牧民能歌善舞生活日益兴旺

民族风情浓郁古朴充满吉祥

骑骆驼羊拉车让篝火晚会张扬醉人魅力

赛马叼羊处处迸发铿锵激昂

草原文化丰富浪漫突显粗犷与豪放

阿肯弹唱热烈劲喉　冬不拉舒爽温柔

盛装欢聚让才艺双丰赢取幸福甜蜜的美酒飘香

驼铃清脆环响　双心漂泊在山冈砥砺碰撞

牧人与草原是养蜂女的眷恋与家乡

养蜂女把牧羊人的思念挂在墙上

清香牛奶与甘甜蜂蜜在雪白毡房深情交相

敢爱敢恨离逢忧伤此起彼伏终成过往

热烈奔放与勇敢坚强成人生追求的唯美悠长

伊犁河雨水织不成可可托海的思念

杏花沟香甜有意留给远飞的鸿雁

牧羊人与养蜂女在可可托海许下诺言

那拉提风雪诉说着甜蜜的亏欠

空荡毡房听不到帅锅拨动的琴弦

草原芳香浸润了痴情少妇柔美的泪眼

虔诚深爱与钟情约定让南来北往心手相牵

那拉提山花烂漫美若天仙秀色可餐

人生相逢梦良缘　情愫无边

补注：

（1）牧羊人与养蜂女的爱情故事：《可可托海的牧羊人》与《那拉提的养蜂女》讲述的是有情人相遇而错过的爱情故事。牧羊人在可可托海放牧，养蜂女在可可托海放蜂。两人相遇后便深深相爱了。但养蜂女丈夫早逝，独自带两个孩子度日艰难，感觉自己不配嫁给单身小伙牧羊人。于是，养蜂女在深夜悄悄离开可可托海，落户那拉提草原。然而牧羊人却一直在可可托海等着她。后来，养蜂女托人告诉牧羊人，自己已经嫁到了伊犁。

（2）那拉提由来：传说成吉思汗西征时，率一支蒙古军队由天山深处向伊犁进发。时值春日，山中却是风雪弥漫，饥饿和寒冷使将士疲乏不堪，无力翻越山岭时，不料眼前却出现一片繁花似锦的莽莽草原，山泉密布，流水淙淙，犹如进入另一个世界。此时正值云开日出，夕阳如血，人们不由地大叫"那拉提（有太阳），那拉提"，于是留下了这个地名。那拉提草原与呼伦贝尔草原、巴音布鲁克草原、潘帕斯草原并称为"世界四大草原"。又因四面突兀隆起，光照强烈且水草丰茂，故有"向阳坡"或"鹿苑"之称。

（3）柯孜拉霞沐浴：柯孜拉霞瀑布位于那拉提草原望天洞附近。由于山巅诸多淙淙涓流汇集于奇峰，奔泻而下，水流跌入深潭发出震耳欲聋的隆隆响声。相传成吉思汗西征时，三太子察合台眷属及护卫骠骑接踵而来。某天骄阳似火，炙烤难耐，征人口干舌燥，人困马乏，汗湿全身，忽见此瀑布，凉气袭人，顿时眷属女佣纷纷下潭洗浴。骠骑们互不相让，解甲脱衣跳入潭水。察合台见此非常生气，于是马鞭一挥："男兵上山顶洗澡，姑娘就此洗浴"（哈萨克语"柯孜"意为"姑娘"）柯孜拉霞瀑布也因此而得名。

天鹅之梦,在巴音布鲁克飞翔(组章)

(一) 天鹅之会

巴音布鲁克　绿草如茵一望无际绚染天边
草原如诗如画天地缱绻游人沉醉缠绵
开都河自西向东辐射绵延水流潺潺波光潋滟
沼泽湖泊密谋契合蓝天与白云信手相牵
清泉依偎浩瀚流韵美成曲线自然善结媒缘
一只天鹅濯洗羽毛雪白心灵向苍天发出召唤
千万只靓丽天仙溢趣腾飞天地欣欣然
呼朋引伴　团聚湖泽水岸尽情撒欢觅食消遣
嬉戏水波渲染光影纵情合欢弥漫半边天
于是乎　大天鹅小天鹅白鹭灰鹤集结斑头雁
成千上万群居群移起舞蹁跹瞬息间盛况空前

开都河史考通天河唐僧取经浪迭千重过河难

羿射九日沐浴避邪恶西游群徒护僧晒经说编年
远山连河泉如银色绸带逶迤婉转九曲十八弯
群峰起伏白雪皑皑朝霞与夕阳交替和谐温暖
湿地碧绿草原流岚意趣盎然丝缕飘逸执着
大小湖沼星罗棋布点缀美化这玉带天河
绿野富饶甘泉涌流性灵纯洁坦露衬托这恋水婆娑
万千天鹅翩翩起舞空谷盘旋缠绵任观望迷途婀娜

有人说　巴音布鲁克是大地衷肠与太阳故乡
有人说　开都河是溢彩流金的儿女情窗
天鹅湖温柔撷掬让钟情者明眸善睐生不彷徨
也有人说　巴音布鲁克恪守一湖寂寞与一湖传说
开都河青春艳阳如金丝银带在草原曼舞轻歌
流云裹挟夕阳万道霞光却撵散黄昏退却失落
刹那间曲折河流渐次敞亮满天金碧辉煌
大自然神奇造化此刻胸怀炽热又毕露锋芒
草原苍茫横无际涯一时间千变万化任人端详
天苍苍野茫茫风吹草低见牛羊歌声浑厚悠扬
谁不渴望激情绽放让希望插上梦想的翅膀

(二) 天鹅之舞

鄂尔多斯草原素以辽阔奔放夺鳌居上

巴音布鲁克如今胸怀博大饱受肥美滋养

草原广袤无垠河流曲折清澈任晨曦掀起碧波金浪

阳光沐浴天山翠雀花宽叶红门兰争奇斗妍

草原野花盛开馥郁芳香河泉幽静时而微波荡漾

洁白天鹅自由飞翔陡增搏眼之鲜亮

千万精灵唇齿相帮濯缨洗足享受唯美时光

仰望天鹅齐飞　俯瞰湖泉辉映后羿射落九个太阳

巴音布鲁克　天鹅故乡灵性天堂

雪白天鹅高傲翔舞时而曲颈俯仰

好似优雅仙子悠驾白云在蓝天得意徜徉

或而昂首挺脖神情自若如同将军点兵遣将

洁白纯瓷般光滑无不令人迷醉与遐想

烟墩角大天鹅名利争抢更显美丽异常

柔媚娇妖纯洁活脱个个充满生气和力量

粉红脚掌拨划水圈湖波接踵追寻理想

洁白如雪与乌黑似缎恰成天鹅相依相念唯美搭档

夏秋季节　天鹅成千上万漫游碧绿水乡

如白云蓝穹飘动每日巡查疆防俨然国王模样

千万只洁白天鹅旋围蓝天倾情飞翔

光阴驻足祥云岁月五彩斑斓被摩挲仰望

傍晚夕照天鹅掠过湖面翅膀舒展时而高歌引吭

四野熏蒸气息芬芳皓月撒开银色大网

草原色彩变幻神秘笼罩粗犷闪电驱离贪婪狐狼

清风拂面泉水叮咚伴由马头琴婉曲柔美浪漫悠扬

（三）天鹅之恋

晨曦初霁清朗雪峰高远而银光闪亮

清丽草香令人情不自禁环顾莽原向远处眺望

草色如茵体味谦和气息温润浩荡

毡包点点似浮雕镌刻又长卷绣毯绵长

雪白羊群如珍珠撒落浩浩汤汤在绿色海上

流水如骏马奔腾吊桥下时而哗哗作响

河泉清澈见底任高原冷水鱼轻灵游荡

一幅幅画卷奇思妙想天然勾勒艺术家泼墨天堂

草原胸怀博大天鹅洁身自爱任河泉九曲回肠

鳞片般云彩变幻莫测让人目不暇接眼花迷茫

游云浮光多姿多彩催人极尽浪漫与自由徜徉

瀑布云火烧云极力争群体壮观与个性辉煌

白练如银九天奔泻气势磅礴充满昂奋力量

玉带云楼梯云舒卷飘逸性情彼此张扬

巴音布鲁克美轮美奂缤纷五彩绚烂异常

海潮云扑面而来又瞬间退却比肩钱塘奇观造访

佛光云阳光折射水气相映五光十色突显恣肆汪洋

云卷云舒时而云烟俱净风韵旖旎令人无穷畅想

开都河沼泽连绵湖泊牵情纯溢天然模样

九曲十八弯赏心悦目美不胜收令人万般遐想

仲夏时节　碧绿铺天盖地眉宇日益清朗

牧歌悠扬美韵缠绵如玉液琼浆沁润心房

初秋的金黄碧绿辉映天鹅湖诱人的山色湖光

炊烟袅袅夕阳余晖把天际喷饬成热烈橘黄

明月悄升月光如水金色草原披上优雅情装

巴音布鲁克定格在朦胧眉间与蕴宝心乡

雪山峻岭碧绿一望无际繁星点缀洁白毡房

花落花开星星点灯　脚踩绿茵湿地苍茫

草原碧空呈祥处处闪烁日月辉煌与希望光芒

父亲的草原母亲的河此刻成最美标榜

席慕蓉情愫柔美诗句与醉美音符顺人生流淌

自然奇丽梳妆　爱美天鹅何曾不心花怒放

（四）天鹅之思

草原平坦光滑脚底流油时光任个性游走

丰茂如绿毯铺就毡房雪白绵延至蓝天尽头

东征英雄渥巴锡转战远征防群落分争不休

坦然率众回归伊犁故旧移地放牧成终日消受

爱情亲情友情充满东归历程草原之恋穿越时空

巴润库热庙宇移动富于传说又丰富牧民生活

土尔扈特蒙古族汗帐乡愁激荡记忆难忘

《东归印象》深情演绎怀揣祖国希望

回家思乡是千万蒙古族牧民夙愿梦想

敬畏自然盛装回乡让巴音布鲁克纵情倜傥

草原之恋任回归鸟儿脱离彷徨自由飞翔

丝缕夏风轻歌曼妙百灵鸟伴随牧歌雄浑粗犷

草原琴韵伴和悠扬歌声调和美食浓香飘荡

一年一度那达慕盛会赛马摔跤成业态生活习以为常

艺术鼓点乐章让牧人顶礼膜拜精神享受至高无上

新装迭出香烟缭绕大山马黑头羊天然艺术欣赏

山川宁静人畜两旺成世代因袭人人传统豪放

巴音布鲁克不仅温柔窈窕与娴静

更有潇洒剽悍宽容大度与雄浑浩荡

春秋易节百万头牛羊大转场增添草原苍茫

万马奔腾马杆飞扬好莱坞大片顷刻布阵上榜

草原神奇辽阔九曲十八弯成巴音布鲁克无限风光

流泉晶莹透亮倒映出诱人醉魂的九个太阳

不知是后羿狂射天日的辉煌展现

还是天神有意回馈自然的唯美猜想

（五）天鹅之梦

苍穹静谧最是聆听古老歌谣诉说岁月沧桑

马头琴旋律让心灵共鸣伴和马奶酒飘香

美景如诗如画激情澎湃夸张期许意味深长

草原蓬勃朝气美丽博大让人类爱恋崇尚

色彩斑斓画卷壮丽奇瑰被世人永远珍藏

愉悦融汇东西幽梦驱赶过往时光穿越渺茫

跃马扬鞭直上巴西里克高台吐露期望志向

背负青天俯身眺望　九曲十八弯一曲九回肠

万千天鹅翩跹起舞洁白自信翱翔在唯美天堂

绿野生机江天辽阔此刻化作纯情娇娘

天苍苍野茫茫此刻呈现豪迈与奔放

风吹草低见牛羊成美妙与梦幻时尚不断放量

云淡风轻丰饶静好抑或成草原最爱

细雨迷蒙亦真亦幻岁月和美怎奈天地玄黄

黑头白身群羊依傍阳光水岸尽情撒欢逞强

取名ABM陡吸眼球有显地球人理念挑战

瑰丽画卷如梦如幻承载世界遗产用心保护与弘扬

游人如织心情舒畅谁不流连怀思又憧憬向往

天鹅的翎羽　在晴丽天空如丝缎般光亮

河畔寂静白天鹅让蓝天绚烂眼睛陡然清亮

天鹅"昂昂"欢飞弧线优美流畅产生无穷联想

灵魂在感知扩张人生如梦地久天长

沧桑岁月让巴音布鲁克曾经的记忆苍茫

蜕变为万千天鹅成群结队腾飞翱翔的翅膀

梦在远方　力在频频加油鼓劲

顺风铿锵接受时代牵引扶摇直上

沿初心意潜向着未来　飞翔飞翔

补注：

（1）开都河与九曲十八弯：源于天山阿尔明山的开都河从广袤平坦的巴音布鲁克草原上蜿蜒流过，经博斯腾湖汇入孔雀河。神话传说唐僧取经龟渡的大沙河与晒经岛均在于此。

夏秋季节日落时，落日余晖倾泻在巴音布鲁克草原段弯了九个曲的开都河中，充足清澈的河水倒映出9个太阳，神奇景观异常优美壮观。

（2）东征英雄渥巴锡：十七世纪初，为了躲避准噶尔部的威胁，蒙古厄鲁特部四卫拉特之一的土尔扈特人移牧荒无人迹的伏尔加河流域，后历经200年间，不断摆脱沙俄政权变本加厉地奴役和控制的土尔扈特人，在民族生死存亡的关键时刻，年轻勇敢的土尔扈特首领渥巴锡决心率领全民族人民起义抗俄，毅然踏上艰难险阻的东归旅途，终于回归祖国。完成了人类历史上最后一次悲壮的民族大迁徙。

（3）巴润库热移动的庙宇：原游牧民族寺庙及其佛龛曾设在蒙古毡包内，后历经坎坷，逐步定居生根，结束了佛堂随季节搬迁的历史。

秋 魅

时序交替 告别炽热匆忙顾盼

落叶挑逗幽思恰遇爽秋淋漓酣畅

心儿纷飞让快门洞开肉眼

依偎博格达伟岸俯仰眺望

天池水波潋滟松影斑驳虬曲茁壮

木垒糜子山粮让历史封坛品尝

昌吉农博园菊香醉倒江布拉克丘脊的金黄麦芒

达坂城爆皮大豆与芝麻烤馕

笑弯了盖头初掀的妩媚姑娘

滨湖河随风摇曳的芦荻红枫

搅动了小绿谷嬉水群雀低吟浅唱

杏花沟的山果酸涩了夏尔西里牧羊犬的牙床

吐鲁番紫珠玉脯甘之如饴

浸润着未来可期梦想

巴音布鲁克水草黄里孕青青中泛黄九曲回肠
定格了广袤原野柔美多姿与粗犷豪放
成群洁白的天鹅翱翔让希冀插上腾飞翅膀
鹿角湾八骏奔腾融合哈萨克叼羊倔强
青格达残荷正厚积薄发冲破暮色苍茫
玛纳斯湿地成群洁白的天鹅翱翔
让希冀插上腾飞的翅膀
山川风物因造化斑斓七彩
阳光时代任个性铿锵独创

奇思妙想　缠绵秋黄也依然风流倜傥
谁变荒山野岭为绿水青山又预期妆成俏丽嫁娘
虔诚耕耘瓜熟蒂落何需理性褒奖与张扬
感性高亢的诗行赫然挂在泥土芬芳的墙上
致敬勤劳更仰羡锐意坚挺
让执着冬眠时光让信念偏爱理想
沧桑过往　前景一定辉煌

第二辑 华彩篇

开放时代　家国情怀

chapter
02

/诗/路/博/格/达/

开放时代（组诗）

春天的故事

细雨柔情　风剪梅花成趣

乍暖还寒的蛇口滩头被漫而又漫

泥沙在时光疏导中复活

耀眼的晨曦虹霓引惊雷阵阵

慧眼南巡出脱于川陕中原之气

市场脉动随立体思维大气磅礴于宇宙山尖

列车歇站当儿　有巨手关节在神定气清中脆响嘎嘎

风云变幻的运行轨迹环世界怦然洞穿

一个圈点　遂成方略

山南水北　机械轰鸣在畅想中施展臂力

鳞次栉比的楼宇招牌　瞬间遮挡游人视线

异军突起的计划时而被追加预算

陌路阡巷随图纸演绎康庄通衢

网络信息让舌尖频频跳跃

大棚的嘹亮穿越了索桥梦想

电驴鼓噪在山峦沟壑间溢彩回荡

骚动的人流　随音韵风驰电掣

笑靥如花的庄户人家

也摩肩接踵踮起脚尖　听那春天的故事

黑猫白猫

经营的支点被杠杆新用

价值取向让奇论高谈推波助澜

历史经典一度被有意破碎

洞开的脑路在奇思妙想中玩转地球

黑猫白猫　竭尽梳理洗涤

纷争于牢笼之外

猫科的猎物　遂凝练成衡器砝码

股市跌宕让大盘在盈余中拓展美妙空间

花开花落时节　种瓜得瓜种豆得豆

思维的魅力日益现代

金山银山在煽情中被时间丈量

沧海桑田　岁月如歌

蓝天之舞

卫星在空间打旋　惊呆了吴刚与嫦娥

高高挂起的月桂　粉红灯笼随季风摇曳

发射架下　有海外来客在天虹间频繁交集

时序在追踪中强化记忆

火箭导弹被提前点火冒烟

超越自强在创造中挺进增长

核载宽客结伴射电天眼

赫然成就国之利器　列装家的前沿

鹰击长空　舰船在浩瀚搜寻中缚住苍龙

耳边犹闻犯华者虽远必诛

雄起的呐喊在强军固国中集结

凝沙砌长城　勇武精良壮怀激烈

同仇敌忾与狼共舞让亮剑频频发声

碧血丹心在大漠荒野历练生根

军警共建肩担和平使命

陆海空联袂　箭在弦上

老虎苍蝇之悲

硕鼠猖獗　张虎狼之口凿噬于大厦墙基

贪婪奢望在礼尚往来中膨胀升华

貌似狗胆驴胆随权色交易频繁勾连

钻营于法典疏密之间　虚伪让偷渡作祟

囤积居奇沉湮一气不舍昼夜辗转于地漏之缘

豪宅盛宴让星光日月闪亮登场

亿万纸钞条砖成墙成床

挟万金于一身　自诩天功在握

不惜慷慨在众目睽睽中招摇过市

远近亲疏也情意缠绵

蝇营狗苟　雨露均沾

景阳冈上　有习武之人借助酒劲

豪侠肝胆在力拔盖世中铁拳铮铮

纵有才俊绰绰五子登科

恢恢法网岂能被疏漏调侃

青天刚秉炼就悟空般火眼金睛

威猛角力紧锁咽喉　虎落平阳又蝇拍喂犬

越雷池过红线　警戒昭然

一带一路

桑蚕碰撞　撩拨起驼铃梦想

古道柔肠牵引杭运花开

春潮涌动顺长江黄河跨越河西走廊

敦煌斑斓色彩演绎这时代性格

南来北往过客匆匆

西域与波斯定力缠绵穿梭长消长涨

国内国外　个性张扬

海陆西东　让四海洋流涌动

一呼牵情让世界睿智共鸣引高铁与生命赛跑

海南椰林的晨露洒落成欧美夕阳

西部的唯美刀郎叩响南亚黑非狂舞铿锵

人类命运在大同外交中卓然生长

与时俱进召唤丝路新秀使命担当

和谐共建分享中国美妙与全球风光

精雕细琢工笔写意　续撰历史华章

制造大中华　双赢共同体

复兴之梦

睡狮猛醒　锻筋骨于钢铁模样

五千年龙脉传承

引羿射九日与女娲补天之思

复兴梦想在少年中国说中潜滋暗长

自强华夏男儿与生俱来　个个精壮

亚欧携力滋养　互济成并蒂莲花

人民币坚挺让美元英镑勾连暮色苍茫

国学科创力鼎自主步履稳健铿锵

网络高铁倾情造访让大度搭载友邦

雕梁画栋绘伟意力挺大国工匠

谁言和平无战马放南山临阵磨枪

神舟 N 飞与南海舰载翱翔奏出时代交响

核心绘蓝彩　初心不改三步奇巧走向

世纪中叶复兴梦　惊现辉煌

心爱祖国,向未来问好(组章)

(一) 一九四九

铭心记忆随国庆礼炮铿锵开启
一个庄严宣告携雷霆万钧之势
在天安门城楼威严屹立
鲜艳的五星红旗伴随雄壮嘹亮军乐冉冉升起
亿万军民盛装欢呼雀跃结束了内忧外患的状况
中华民族历经血与火的抗争洗礼
终于扬眉吐气地站起　骄傲昂奋地站起

耳边犹闻八一枪声惊异与银镰勾月碰撞
暴动倔强让红色井冈星火燎原
长征播种希望坚挺抗倭驱蒋的胸膛
同仇敌忾壮肝胆　前赴后继救国亡
曙光在前　前程辉煌

时势维艰经济封锁催民众自力图强

一穷二白无需修饰正好做全新文章

炼钢铁磨炼意志体格趋于精壮

过黄河跨长江非为民族虚无奢望

东方红的旋律伴随卫星绕月在太空自由飞翔

藏区边界的纷扰　鸭绿江岸的喧嚣

挡不住民族同心自力更生与奋发遐想

谁与争锋　自取灭亡

（二）开放时代

一个圈点让山河提升壮美

世界在召唤心跳翻江倒海让气宇轩昂

四海五湖与时间赛跑让春天符号瞬变珍馐佳肴

大厦高楼鳞次栉比承载着时代风潮

琉璃的炫耀托起亿万民众的骄傲

大棚里生长希望

山乡的草帽遮盖过了新城的苗条

联产承包分产到户

让金黄麦浪在亿万脸庞堆笑又醉美山腰

车有车辙　榴莲的馨香醉倒了乡野的辣椒

马有马道　海南的椰果占据了市场的制高

信息在脉动中跃跳黑猫白猫在行进中完美归巢

让运动突显生命与鲜活自强创新挤兑缥缈

GDP在陡然提升内需正波起浪潮

一国两制绘新奇让港澳复归强顺天道

中国创造赶超世界让山峰变得矮小

岁月如歌　世界充满奇妙风景这边独好

（三）复兴中国梦

国际风云变幻如山呼海啸

霸权封锁叫嚣突显卑微与徒劳

航母巡南海　陆海空核鼎立民族威严

装备精良发声亮剑众志成城在铜墙铁壁中发酵

飞船探月捎太空请柬呼唤长城科考

虹桥飞架环通港珠澳

让时间快车牵引民族与世界赛跑

天眼探宇奥高铁追空客突显民族腾飞的玄妙

5G开新元　物联张翅形

一带一路让黄河长江涌动四洋春潮

复兴中国梦人类共命运

东联西突大国姿态与世界共创美好

反腐倡廉升正气　初心担当守信仰

三步奋起健羽飞翔

中华文明在薪火相传中熠熠出彩

百年绘新锦神州更妖娆

让世界分享一统辉煌与荣耀

胸怀祖国　心向远方

向未来问好

巴塞罗那中国星（组诗）

奥运开篇

秋高气爽

奇伟妖艳的巴塞罗那

任三十五亿目光关切

文明人

射出和平与友谊的响箭

引燃奥林匹克的圣火

蒙锥克山峰

在五颜六色的狂欢中

反射聚焦

五环旗下

蓝眼睛大胡子高鼻梁尽情潇洒

地中海的热浪旋风而来

长江黄河的涛声轰鸣而去

华人有义

长城有情

企盼巴城腾起颗颗

中国之星

庄 泳

难道你是天生的泳儿

上帝赐你一身绝技

弱冠之年

希望之星

百米泳道的自由人

金牌挂胸前

热血涌周身

四年的辛劳企盼

巴塞罗那的奋力一冲

凭借艺高胆壮

扬显国威第一人

伏明霞

十四岁的伏妹妹

高台跳板上仙女下凡

天衣无缝的精湛表演

如出水芙蓉

如凌空飞燕

轻盈盈的

甜甜的笑意若明霞满天

金色的奖牌沉甸在胸前

庄晓岩

柔坛精英

世界名将被你压倒

二十三岁的巾帼

居然若猛虎下山

泼辣中有韧性

对峙间有激情

让肉搏战刀光剑影

让荧屏前喊声震天

奥运史册里

有你巨人般的夺目光焰

张　山

好一个巴蜀奇女
"川妹子"的雅号亲切
莫来特的射击场上
中靶的飞碟双向齐鸣
须眉们向你
俯首称臣了
奥运会上
终于爆出了特大新闻
"花木兰"如今
鹤立鸡群

多虑的洋人"不可思议"
射坛的未来
也许赛事纷争
然而
张山就是张山
独领风骚

王义夫

七尺壮汉

一身肝胆

也怀揣娇妻的柔情

坐银享金

素来是男儿的福分

气手枪射出的深沉

战胜了自我

填补了

张秋萍虚悬的心

钱　红

轻捷的蝴蝶

随扎猛在水中自由舒展

追逐的鸟儿

任两翼在远方盘旋

激荡的水波恢复了平静

庄严的国旗国歌

在巴塞罗那赛场

徐徐飘升

林 莉

二十一岁

沉默的健臂

勇力超然

耀眼的银牌得手之后

又甩泳坛新秀在一边

混合泳道的奇迹创立了

二百米内决出了高低

山水有意

笑慰中国姑娘第一

杨文意

十米泳程

只需弹指一挥间

让坚毅超越自我和历史

任金黄的昨天记忆遥远

骄杨自由击水

世界纪录换颜

队友亲昵地拍打

使你更笑意甜甜

陆　莉

未曾想过

湘江水泡大的孩子

打破了独联体的垄断

小巧玲珑的韧性

让高低杠进入了"陆莉时代"

空翻回环的完美表演

六个满分惊呆了裁判

平衡木上又银牌闪光

忘不了那

师徒垂睑的回味瞬间

李小双

众目睽睽之下

你苍劲的双臂越发矫捷

当悬空翻旋三周半之后

当落地生根纹丝不动之后

当五星红旗映红笑脸之后

自由体操的男儿

为你频频举杯

庆祝一个

中华雄姿的腾飞

邓亚萍　乔　红

亚运千叶受挫

酿成此番冤家路窄

面对如虹的气势攻坚

从卧薪尝胆中携手争雄

击小球幡然报一箭之仇

整戎装男儿般

挡住八面来风

亚萍超亚乔红正红

队友相逢挂金享银

两把宝刀风扫残云

冠盖群雄幻梦成真

萨翁的良愿如意天成

热爱中国

汇成宇宙的回声

高　敏

腰臂伤痛挑起重担

用坚毅和自信探准了华山险路

当淋漓的三个收尾之后

甩一串轻松的微笑

吸引中外记者纷扬传告

三米跳板惊雷乍起

"女皇"扬眉吐气

巴城画上十分圆满的句号之后

又瞄准人生完美的新程

陈跃玲

万米竞场

神行太保又昂首阔步了

任四十四位巾帼

在狂涛中接踵跻身

任六万看台

卷起欢呼的海啸

让规范的意念赶超"腾空"与飞身

让熊熊烈火炼出真金

脱颖而出的秀女

突破了中华奥运

田径之零

王涛　吕林

谁说中国国球不行

请看王涛　吕林

无敌的双板联手摘桂了

前世界冠军

只好俯首称臣

蔡教头难抑制喜形的激情

翻身仗打出了士气威风

乒乓男双最为精彩

默契配合方显高明

王涛多变吕林稳健

小小乒球一锤定音

孙淑伟

响当当一颗"精豆子"

在蓝天碧水间悠扬弹落

灵敏机巧的眼神

让个性天然

多少次梦里打趣

孩童般直想那双冠加身

到如今

果真用那八岁时拍起的牛劲

用九十九点九六分的辉煌亮闪

征服了千万人

翘指叹羡的心

有色短歌（四首）

夜　战
——写在阜康建设工地

夜暮黄昏

星星眨巴着眼睛

看人间挑灯征战

忙碌了一天的人们

淡忘了疲劳和饥渴

在太阳落山之后

依然沿飞流的孤光穿行

让瓦刀与砖石碰撞击节

让汗珠儿摔八瓣

振动器延长了工时

牵引车停止了间歇

任阵阵喧嚣攥着呼哨

击夜半钟声成现代旋律

苍茫复沓着苍茫

夜色重温着夜色

热风吹来时刻

楼架高处

攒动的人影

哗啦啦呼啸

赫然排列成

流动红旗

群山环抱的阿希

群山环抱

享有一个辉煌的名字

金光灿灿的果实

从石缝流水间穿出

青青小草

与蓝天相映成趣

肥硕而懒散的羔羊

依山而卧　世世代代

观看一幕远古的风采

红日喷薄的地平线上

添一道染耳的话题

山麓有流行的音响

在着意狂欢

卡拉 OK　卡拉 OK

高处有机声夷平山尖

轰轰突突　突突轰轰

有雨露滋润沃野

有青春搅醒酣梦

在经历了微风深情地抚摸之后

在经历了阳光热烈地亲吻之后

有人说

阿希的山　是金山

灿烂人间

闻鸡起舞唱春歌

——写给建设公司组建一周年

年关开怀

任季节的河流肢解封冻

市场招手

有大潮汹涌拍岸

小滩上

欢呼雀跃地俯拾起

几粒贝壳珍珠

不觉着湿了人膝马蹄

地平线上

有雄鸡迎晨风唱红霞满天

新生的年月

每时每刻都那么玉洁冰清

山　不再静寂

地　依然无边

闲暇里

伸开这宽大手掌

收获了鸿雁传情良多平安

跨越了历史的艰辛和磨难

昨天的愁肠开始舒展

我们走过时光走过流水

走过昨天和今天

我们挽起臂膀抖擞精神

又是一个艳阳天

恭贺鸡年好

我们的笑声连同大厦

耸立在戈壁荒滩

九三年　边城春光无限

九三年　改革春歌更欢

读一段春眠不觉晓

吟一曲处处闻啼鸟

男女老幼让爆竹笑开颜

拍痛手掌让锣鼓响彻天

万众一心续写新诗篇

闻鸡起舞翩跹闹新年

古丽姑娘

有个姑娘叫古丽

年轻漂亮有出息

工作认真忒积极

电脑钻研能入迷

服饰端庄正得体
言语谦恭更和气
为人处事明道理
友爱互助没说的
样样出色众人夸
年年先进人服气

古丽古丽靓古丽
小伙敬你有福气
采朵鲜花送给你
但愿牙生别妒忌
民汉团结本一家
携手并进不分离

五月风（藏头诗）

热流的奔涌是五月神来之风
情满天山鸣奏出发奋与共荣之歌
迎朝霞漫天沉醉于西部的黎明风景
来声鸽哨打个弧旋抖一路民汉举足的潇洒
五月是脉流的共搏　五月是摩肩挽臂之时
月光下床桌上米粽与羊肉泡馍泛出温馨
第二十八颗行星辉映天安门的光焰
九州方圆述说世纪风云录中历史与"三本书"的交锋
个中苦乐是天山五岳的断横与销魂
民汉交融的良辰佳景发端于秦汉周初
族国分离犹芒刺在背哽咽在喉
团坐在炎黄尧禹的门楼正好话肉孜与端午
结伴同歌相行在共和国的旗帜下
教二胡竖琴冬不拉奏一曲骑射叨羊和姑娘追
育山川文明唤红杏满园缠绵于敦煌楼兰
月圆归期　有治国安邦的鼎盛飞虹

三月，春风度过玉门关

阳春三月
和暖的风儿吹过玉门
沿熙攘的人流穿街走巷
击"便民"锣鼓响声震天
男女老幼怀揣渴望
捧满腹欢笑
围坐在人生看台
为一个光辉的名字庆功
颁发一种精神
褒扬一种激励

三十年更迭
感情的潮水
涌注了壮阔的氛围
还是那么浩瀚
还是那么热烈

祖国啊，母亲

——写给十月的诗

抑不住内心的激越

锁不住师生的欢笑

是母亲那温暖的臂膀

时刻把儿女亲切地拥抱

多么幸福啊　多么自豪

为了母亲明天的健壮

沐浴金秋雨露

去珍惜时光　去探寻珍宝

书山有路　崎岖迢遥

唯有登攀方达高

学海无涯　彼岸花俏

勤苦耕耘才能收获丰茂

昂首挺胸向前冲

要在赛场夺标

让我们携起手来

伴合着母亲步履的节拍

快跑　快跑

五月,鲜花开遍了原野

——写给第十个民族团结教育月

五月的鲜花开遍了原野

天山南北的歌声动听而悠扬

纳额勒敲得多么悦耳

热瓦甫弹得多么豪放

麦西来甫的篝火

映红了姑娘小伙的脸庞

(来来来来,来来来来,

来来来来来来来)

跳起你的丰收舞呀

唱起我的牧羊曲哟

民族团结的歌儿情谊长

各民族兄弟谁也离不开谁

携起手来共同繁荣和兴旺

(来来来来,来来来来,

来来来来来来来来)

鲜花诱人而芬芳

阳光灿烂又辉煌

十三股热流汇集成欢乐的海洋

团结奋斗向前方

民族传统大弘扬

(来来来来,来来来来)

改革开放好时光

东联西出奔理想

十三个民族十三簇鲜花绚丽开放

肩并肩呀手挽手

友谊地久天长　地久天长

回归时刻

一滴泪挂在腮边百年

总也不干

一记耻辱

经历了弹痕熏烟的繁衍

年复一年　如磐石

刻在心间

海盗人贩　行逆于天下

洋枪洋炮　割舍了人类之爱

渐壮的母亲盼孩儿归来

望眼欲穿

有一天　宏伟构想

被辉煌在巨人的挥手之间

一国两制　还我主权

维多利亚港湾壮阔了回归的波澜

阴晴圆缺　魂绕梦牵

离久的孩儿期待母亲的抚挽

烟幕叠生　谈判接踵

为了五星红旗在"东方明珠"的上空飘扬

为了炎黄的血脉在港澳的肌体顺延

中华传统的菜肴合盘了西洋的糕点

当多少次短兵相接之后

当设计大师气定神闲地拍案之后

当国际风云迫使英军沮丧地退却之后

七月一日的脚步

依然给失态的撒切尔一个调侃的喝彩

也给大不列颠威尔斯无可奈何的舒坦

香港　争奇于世的千面佳丽

迎着太阳　在热烈地拥抱亲昵间

十二亿　六百万　彻夜缠绵

唱支山歌给党听（百字散对）

——庆祝建党七十周年

共产党，二一镰锤露锋芒。德俄传佳话，真理涉重洋。嘉兴南湖议马列，董陈毛何美名扬。下南昌，上井冈，遵义挽澜正航向。大捷灭虎威，雄师渡长江，蒋穴灭顶旌旗扬。国共好合作，防奸止乱纲，一帜独树尽"扫黄"。七十佳期康健，五千万众凝力破浪。砥柱中流争磨砺，信仰坚定奔理想，步履雄壮。

共和国，四九五星闪金光。华夏见晨晖，光芒映西藏。北平怀仁响群掌，毛刘周朱携合强。巡海南，访新疆，五湖合川汇海江。卫星旋太宇，氢原腾万丈，长城映月醉吴刚。苏美缓霸日，连朝赢越邦，纵横坦途金桥长。四十二年强盛，一十一亿民心向党。世纪新元已开辟，炎黄归一盼和祥，前程辉煌。

第三辑 仁爱篇

chapter
03

携手同心　挚爱真诚

/诗/路/博/格/达/

秋收季节（组章）

（一）镰的色彩

红缨绕镰

任秋风簇拥

令人惊羡的时光

金黄的麦浪被歌声殷勤

岁月的欢笑烂漫这个季节

袅袅炊烟

消散在晨曦与落霞之间

农人的衣袖舞动坚挺

让生命鲜活

理想的产儿穿越时空

携泥土的馈赠与野燕的呢喃

呱呱坠落

新生的黎明在月色中前行

涌动的春潮

被湘南的金镰钩挑

雄壮的吆喝号子

整齐地威武成行成列

江西的耕种滋润着茅坪的历练

夏热熏蒸

饥寒交迫的抗争中

荒山秃岭的红米高粱

越发成熟了

梦的渴望如一面旗帜

色彩亮丽光鲜

随价值升腾在希望的田野

（二）锤的凝力

攥紧铁拳

呐喊出团结之声

挽手并肩

以方寸之力凝万众一心

雄起的骨骼愈发膨胀

大山的原始积累闪动灵光

铁锤斧头掘击矿脉

信仰被遴选甄别

越发稀缺

支起燎原之炉

让岁月淬火

千百次锻造

遂成钢性

心潮在高亢中涌动

为嘹亮推波助澜

挺直的脊梁

在血雨腥风中振臂一呼

世纪明朗开篇

秋的季节辉煌地成长

（三）秋收时节

镰勾银月

映照南湖迷人秋色

锤击暮鼓朝钟

晨曦在环绕中微微射泄

赤水的寒彻被四度渲染成海

浊浪排空成压顶之势

不见一片汪洋

潮涨又落

一石激浪千层

雾色苍茫中

敢问路在何方

力的集结

碰撞时代火花

独行坚韧被星光引领

秋的威武承接了夏的热烈

长城的关隘烽烟迭起

黄河长江吼声震天

倔强在幻灭中一次次亢奋

血性染秋霜

寻寻觅觅还刚强

镰锤担当

交汇成挺进的刀枪

……

光阴荏苒

雨过天晴

田野翻卷涟漪

呐喊播种季节

春去秋来

井冈的遐想

滋养了秋的阔别

延河的激昂

浪漫了这个季节

微微的暖气吹皱春水

消退了凝结的秋霜

镰在开怀中纳新

锤在凝重中珍藏锋芒

黎明即起种瓜得瓜

播下星光

奢望收获艳阳

开镰

借秋风之力收获豪迈与雄壮

举锤

借新雨淅沥鸣奏鼓点畅想

欢快的牛羊

在蓝天下追逐嬉趣

和谐的乐章

随新奇的虹霓

在千山万壑

一同嘹亮

沧桑巨变

幸福安康

街头义捐

一纸慰问　浸透了党和国家的关切与期盼

一沓纸币　凝聚着亿万民众的友爱和真诚

波浪排空　翻江倒海

用情之舟爱之桥扯起了漫天的横幅

让"一方有难,八方支援"的炽热与鲜红

呼啦啦地穿越国界和时空

捐一分不嫌其少

赠一万不言其多

是高山大川的呼唤汇集成汩汩滔滔

斤斤两两　压起了社会主义互助兴盛的天平

无言的慷慨

默契的举动

产生了多少民族存亡的合力和效应

山呼海啸　五洲四洋应和着滔天的轰鸣与回声

暴雨倾盆　浇醒了沉寂的夜梦

山洪奔泻　膨胀了搏击的雄心

有道是

天地无义我有义　国与家庭共命运

水火无情人有情　党和人民心连心

一湖秋水　泱泱一片真情

一弯晓月　皓皓一方纯朴的文明

呼唤赖宁

——一位少年的心声

十四岁　正是幸福快乐的年龄

十四岁　又是多么短暂的人生

才刚刚起步　才刚刚进入青春

可你　却匆匆走完了美好的旅程

松枝的扑打征服了宇宙

你燃烧的身躯震撼了我的灵魂

在我的心田　永远烙下了一个闪光的名字

那就是你——"少年英雄"赖宁

在你身上　带着大山的风尘

在你身上　佩有璀璨的晶莹

你有潘冬子的个性　你有李四光的真诚

你从小立志献身科学

你奋不顾身为了祖国人民

现在　你离我们而去了

可你　好像在对我说

热爱劳动　勤奋学习

互助友爱　为人诚恳

长大要争做"四有"新人

每当想起你啊　我泪水纵横

为了不断进步

我要大声呼唤你啊——赖宁

准东，太阳正冉冉升起

亘古荒原　时而雨雾交加
圆冠榆白三叶随秋风摇曳
枯草与瘦杨任风卷狂沙默默窒息
渴望与生命随睡梦不知不觉地
在雷电轰鸣中一次次惊醒
百里之外　人来人往的交替
不过是股市短暂振荡与跌起
曾几何时　开发准东令人心振奋
国家定位新疆更锐意
面对茫茫荒原偌大沙漠戈壁
忘记使命初心与国计民生
有谁能打破这千年僵局
准东人倔强　讲求胆识秉性
在拼搏中出息　让大汗淋漓

疆内疆外的儿子娃娃

凭借博格达魁伟强悍的底气

登高望远振臂一呼

誓与山峦比高低

不知是老天有意安排

还是上苍决意恩赐

白纸好写璀璨历史画最美画卷

风餐露宿何所惧　勇排万难为人先

让广袤无垠的准噶尔腹地

飞沙走石成昨日记忆

黎明时分　一轮红日正喷薄升起

准东这片偌大土地

战天斗地　开始出现神奇

平坦宽阔的大道　俨然取替了

昨日泥泞小径与波浪起伏的沙砾

漫漫黄沙毅然被绿茵阻隔

桃红柳绿正绵延散发可人气息

厂房林立与采油平台遥相呼应

现代煤化工业在布局中赫然崛起

车水马龙变频人类共同命运

准东人拼来了令人仰羡与服气

邀太阳赐予光热电能

邀大地携手掘进看石油涌流亢奋

硅铝在精工中品质提升

煤化铝基在蓝图新业中闪烁支撑

光伏蓄电彩绘催人生情着迷

黑金乌金黄金白银一同五彩纷呈

疆电外送一带一路呈现西域魅力

西气东输在横向联袂中延伸自信

奉行爱岗敬业倡导彩绘前程

筑巢引凤筹划伟业兴城

宜居添配套　家庭增温馨

让绿色呼吸也承载国际标准

当时代列车的轨迹碾过无限思绪

当冲天干劲从战疫赢胜中激发

园区新规划与双业跟进问好全员

工地与园区沸腾　山也沸腾

崛起的准东　在抗疫中蓄势重发

未来更加美好　社会和谐康宁

五月,让光阴在坚挺中炽热

红肥绿瘦时节

暖阳亢奋暮春作别

烟熏火燎让常规滋味黯然失态

时光迁徙股份在莫名寒热

作息复原昼夜拓展视野空间

汗水如珠随农人肩脊翻滚

赤热的色泽

拉长了这个季节

田野渐趋焦灼

茧手在生痛中开裂

山羊与牛犊

远离荒芜在岩脊中寻觅出路

时空疫隔无风少雨

万物生灵乞求躁动与发泄

曾经鲜花盛开的原野

为何骤然忐忑

鸟儿争春的栖枝

不知不觉　丢失在哪儿

还忆插秧种麦

蓝图巧绘展示丰收攻略

勤作精进创造中兴

新开脑路擅长记录特别

怀揣涉猎山岳仰止

祥和与安宁让夙愿周遭击节

光影灼灼的高压线杆

网格空间气定神闲

焊花邀烈日蓝天拥吻热切

脚手架下　满荷泥浆的小车

追跑时钟放弃间歇

头顶如火的骄阳

重塑梦想持续斩钉截铁

万家灯火依赖人性张力

栉比鳞次正谋划层递超越

复工量产只为生计答疑解惑

使命担肩正绘就小康和谐

五月　火红心动溢彩流光的季节

五月　疫不阻产欣欣向荣的岁月

韶华不负争朝夕

初心笃定夯实家国基业

信仰赖坚守

华夏携手引力

圆梦遍洒青春热血

布谷曾自鸣欢心

小满又孕育瓜熟蒂落

何惧疫阻起伏波折

夏荷清风拂面

紫藤长扯新蕾依然

任小草歌吟

浅唱清纯亲切

馕的情愫

一只烤馕　传承三千年倔强

一只烤馕　蕴含民族向上与梦想

味蕾的温床与期望的激昂

扩展了馕的文化发酵与生长的土壤

芝麻的馨香弥漫民族舌尖的奢望

麦芽的甜美充盈了城乡柔美的情窗

大胆的微辣倾诉烤馕果敢与独创

面对热气蒸腾无限煽情的羊汤泡馕

怎能不让人激情荡漾又奇思妙想

天山的清泉滋润着馕的铿锵

博格达的伟岸放大馕的任性与粗犷

烤馕维系肌体健壮让激情火热膨胀

烤馕辐射渴望推展大美新疆完善饮食标榜

胡杨的火焰让馕的情愫更加坚定豪放
玫瑰花的缠绵幻映热瓦甫旋律冬不拉的悠扬
烤馕在汶川抗震救灾中激励奋起
烤馕在武汉防疫布控中凝力保障
烤馕圆满突显石榴抱团的凝力
烤馕用心画圆丈量山乡托举爱的碰撞

烤馕记忆岁月沧桑与历史洪荒
烤馕融合民族坚韧与刚强
新疆的儿子娃娃　努力前瞻
用馕驱赶大漠旷野突如其来的暮色苍茫
用馕催生期望追求圆梦让思想飞跃个性张扬
馕兴产业兴　烤馕满怀期望游走他乡
名片精当高亢　赢在当下梦想脉冲远航
烤馕已然赓续西域丝路璀璨与绵长
让我们敬畏生命与成诗的文字
也敬重这文化传承色彩斑斓的烤馕
赞美烤馕更赞叹独创包容又携手奋进的合唱

三八节随想

——写给平安乃至保险界的女性同仁们

又是阳春三月季节

又是女人爽气的时辰

三月八日

如一个超凡脱俗的婴儿

呱呱坠地

这一天

做个女人啊多有福气

做个女人啊多长精神

这一天　女人们

在家不必做活了

这一天　女人们

面对男人不必慢言轻声

三八节的女人们啊

有的是香气馥郁

有的是笑语欢欣

这一天　男人们

一个个便没了底气

刚毅而潇洒的帅哥们

早已失去了昨日的桀骜不驯

这一天

整个世界仿佛光亮无比

这一天

整个人生仿佛充满生机和活力

此时此刻　万事万物都悄然失息

只有那　犹如平安乃至保险界的女性同仁们

那特有的稚气和韵律般呼吸

在这个时节

女人们一个个靓丽风情

女人们一个个妩媚动人

谁说女人若是水

只能沉湎而呻吟

谁说女人像是泥

依附男人而浮沉

男人有韧性

女人有天赋柔情

女人个个纯洁聪敏

女人有时也是魂

女人有时也是神

三月八日的女人们啊

有的是哈哈嘻嘻

有的是脉脉温情

在这个骚动的季节

在这个特定的时辰

我在想　我要问

女人是什么

天地有回声

贯耳又轰鸣

女人不是见异思迁的水性杨花

也不是随波逐流的任性浮萍

女人有男人般的刚烈和自尊

更有女人的执着和钟情

女人是大地的主宰

女人是人生的精灵

没有了女人

人生便没有了生活和滋味

没有了女人

世界万物便失去了存在和延伸

女人有阳光的热烈

女人有皓月的洁净

女人有世间的七情六欲

女人有万物的博大与精深

俗话说

和女人干活有干劲

和女人聊天寄深情

女人是一种向往和自信

女人是一种温存和热情

女人是生活的动力和引擎

女人是生命的前行和牵引

在这个灿烂而多情的季节

在这个渴望而骚动的时辰

男人们啊

请鼓起勇气和热情

去拥抱生活

去赞美女人

去给你珍爱的女人和你友爱的女性

一个轻松而甜美的吻　吻——

第四辑
梦幻篇

人生喝彩　向往未来

chapter
04

/诗/路/博/格/达/

大约在冬季

飘飘洒洒　洁白无瑕
谁与纤手弄新巧
抖落一地芳华
银装素裹的原野
孕育亿万奇葩

蜡梅嫣然莞尔
细听时序追忆冰释喧哗
昨日温柔且行渐远
雀鸦偶尔叽喳　枯残的枝丫
转瞬缀满吉祥与牵挂
绽放朵朵梨花

登高望远　突兀苍茫际涯

豪情已而膨胀不能自拔

山峦白皑起伏恰似雄乳哺育娇娃

牧人的长鞭

浑圆成吆喝在广袤无垠

思绪狂奔信马由缰　如诗如画

风儿与松涛强劲比肩

相依奔放日益热辣

期冀未来　清喉升音

吟一阕沁园春吧

看妖娆壮美讴歌时代朝霞

婉转旋律　尽情潇洒

又梦丰收在望

幻映孤鹜与秋水长天奢华

邀约清风明月　预案麦黄绿芽

趁闲冬邮寄花样年华

让天时地利之金波银浪

顺应人和筹码

花甲犹少年　何议桑榆落霞

微诗九首

季 风

冬天的风很毒
一把遮阳伞
便能撑住
刀的戏谑与围攻

吟 诗

把诗拉长
无异于揠苗助长
沙哑的喉咙
怎么能歌声嘹亮

追 求

过于奢华

是在和现实较量

行囊的储藏

把真谛定格在远方

土 地

亲吻土地

将恋情装在心底

躬耕垄亩须摸准脾气

丰收的犁头被高高挂起

果实的橙色与馨香

被世代承袭

交 友

耳语厮磨

不过是装腔作势

等待季节成熟

收获的只能是枯萎与分离

读　书

开卷当有益

汗牛充栋也未知出息

嗜书真如命

掩卷而眠或抱头以思

痴迷已入肌体

性　格

风花雪月

消磨意志与坚韧

慷慨的豪情

淬生了激昂与真诚

英　雄

七尺标杆

足以顶天立地

一声言语

即使再强悍的狮虎

立时便没了脾气

信　仰

把虔诚寄托于心房

目光便恒久明亮

一时的牵强

换不来崭新的理想

四季短歌

春

群羽摇醉蓝天　贪吻在黄蕊心底

触觉羞红　如粉如霞

夏

阳光　烧烤绿原成焦黄

流汗流油

拉弯一片银镰　淬火在禾野

秋

岁月的肌肤丰腴了

滚圆成童话　多人享用

冬

寒风撕扯白云成玉片　七形五彩

为枯枝败叶　做隆重的葬礼

老人河

十七岁　稚气携着童贞

走进了晶莹的氛围

星星眨眼的当儿　舌苔上

满是安徒生撒欢的尘埃

铃儿的脆响

催促速生的顽皮

摩挲着矮肩比高低

鸟儿读红云霞的时候

眼圈儿肿了

如山的案边

只有脉管在滴血

……

妻子顺着晨曦爬上天界去了

娇儿尾随阿童木遨游走了
当震颤的思索压弯了枝杆
当缠绵的期待拉长了白鬓
园垣与风筝被笑声震裂了
虚幻的墨水瓶的色彩
想起了酒杯　他醉了
斜倚在树下
梦呓流淌着老人河

街市二首

摄　影

拉拉扯扯
让历史做招牌
不懂得风霜雨露
只把目光给风景
令追寻
站成丰碑

烧　烤

唤来五味
让孜然撩拨情致
待麻辣浇心
咂巴唇舌
咀嚼羊的温情

沉浮(外二首)

不知什么时候

忧郁在我心里

生长成一棵孤独的树

枝丫上挂满了月儿的泪

不知什么时候

从情人唇边

吹来一阵甜美的风

枯瘦的躯干萌发了春

当啄木鸟伤了半身不遂的筋骨

满树的黄昏

摇落在老人的肩头

文明岁月

当闪电挟着长风走进了古老的森林

进化论不再鲜为人知

当露珠儿驱赶着黎明

把阳光送进原始部落群

铜铁的火焰照彻了几代人

岁月的流逝冲激着星斗翻转

几千年文明的水波涌进了人生的海里

河湾处　有词人咏大浪淘沙

旷野山乡　远山的呼唤在深涧奔突

希望是一杆风帆

在狂涛中鼓胀

信念像一株银杏

在彼岸生根

冬　韵

风儿

带着冰刀划出的音符

走来了

为黎明

唱一支牧羊曲

死寂和悲哀哪儿去了

莫不是

昨夜滑落在琴弦

自由的风度

行走江湖

失魂落魄地

不知在哪儿丢失了由头

雨滴打湿的路面

风儿牵着苔藓厮守

南园的高墙

倒映清流

冷落了游人的抚摸与问候

老瓦翻修

蛙声依旧

怀揣忧郁的诗人

眼望志摩背影

在康桥留守

手持诗书缱绻练口

吟咏离愁思绪

感受昨日温柔

倚栏望月

邀太白喝酒

把盏言欢依然消瘦

唯有期望

让秋的落英

缤纷在春的季节

记忆的河流

封存在博览的暮色尽头

那飘逸的星月

踩着涟漪望着秋

聆听水之远方

却见那蓦然回首

只挥一挥衣袖

淡淡忧愁

了了心头

写不够

读不透

何时又能游走

读着读着醉了

写着写着累了

想着想着睡了

醒也幽幽

梦也幽幽

打开心窗,聆听物语呢喃

打开心窗　春寒料峭依然

原野在朦胧中仰承鼻息

山还是那么幽静深沉

峰尖接天连碧的银装素裹

正挤兑睡眼惺忪

酣梦从沉醉中渐次消退

丝缕轻风扑面而来

笑呵呵暖融融　春在蕊尖萌动

林间小溪脚步匆匆　携春之旋律

把冰雪消融抛在脑后

枯瘦枝丫复苏着肤膨肥腴

青青小草左顾右盼　探头晃脑的初韭

拨开缠绕与枯枝败叶

清新回味漫山遍野

目光炯炯间　自由舒展绿意

岸边老叟　一如莺鸣雀跃

两手太极运作

翻手云儿覆手雨

嬉戏的孩童　恋着朱自清园子

打几个滚踢几脚球　轻捷的紫燕

在人与万物间呢喃私语

仿佛传递春迁的讯息　牧童的短笛

在牛粪的狂躁与宣泄中

与嗒嗒嗒马蹄声唱和

大家都不肯轻松

心还是那么炽热

眉总在轻翕中迂回穿梭

隐隐约约　有幻觉萌动

笋苔增生让竹节拔响

荷塘月色与藕丝挑逗蛐蛐

天山景物记忆流泉欢欣

伞菇与露滴一同在花间漫步

不念龟兔赛跑

也不思无人机播种喷施

千斤粮万斤果

都与泥腿插秧思维关联

梦在日光下圆润

心在银河里突兀射击

试与昆仑比高低　意欲与天齐

有人说梅还在雪中忆叙

春风已把山川吹绿

城乡的千家万户

在欣赏低吟浅唱中　侧耳聆听物语

人生如梦如戏　没有上帝恩赐

也没有风生水起的戏谑

疑惑时间都哪儿去了

绿水青山已而变金山银山

荒漠戈壁瞬间鳞次栉比

闲坐笑看巫山云雨

谁说人定胜天是狂人臆语

伟人豪放曾高瞻远瞩

一桥飞架南北　高峡出平湖

人民万岁成兴国基础万壑通途

在这个即将灿烂的时刻

无需思索木桶效应

说与做　行必果　这就是人生定律

夏秋馥郁　冬春更替

孩童的风筝　被一再拉长升高

和暖的风儿正挑起眉睫

轻轻地与你擦肩致好

我只想问你　大雁的驿站设在哪里

咏诗迎新的日子　是朝还是夕

我只想问你　《春晓》是谁的曲子

春江水暖有何内在含义

我只想问你　冬去春来

你和家乡都还好么

我想听听你最新的消息

脚　印

向晚　清音高亢
读唐人遗址　泼墨溢野
昂奋于浅池正凉爽燥热
饮一口太白诗　满身酒气
醉倒了
江河湖海也摇波翻倾

浪漫追寻的影子
也思绪般蜿蜒浪漫
在生命的桑园
抚摸春天的脚印
在跌落的港湾
编织童话　让温馨繁衍
因为　诗行的弯曲是人生的个性

落秋时节

一叶飘零　落黄缠绵缤纷

月色流云让星星点灯

有谁在三更起舞四更吟

夜幕还挂东山坳　晨曦迎着黎明

晓镜窈窕女　醉了乡间闲客

惊异性情中人

一夜花落谁岸　不忘你我同生

莫咏陶潜东篱下

只道浩然阳关亭

这也荒径　那也荒径

都是送别酒　不怀杨柳春

沾襟沾襟　梦里念她十分

醒来梨花朵朵

才知一往情深

天凉阳光正好　苍黄又秋分

吟咏湖畔花千树

鸟儿巢中调情

大千世界　依然可圈可点

乍看月明星稀

蓦然回首　灯火阑珊处

徐娘续老　还是那么妩媚动人

黎明还须火烧月

日落也得夕阳情

长空应丽日　正云卷云舒

百年忆和泰　万物恋果因

西风无度催燕雀归去

犹念霞光万道

沉舸渐剔又东隅西突

江河依旧悠悠续鸣

浅陋瓦片　孕育状元奇葩情景

陶土隐私　爆料瓷都精华烟云

时光荏苒　哲人之思哲人

罗布泊与莫高窟　似乎依然年轻

饮马的卢　幻化三英战吕布

瘦西湖桥边　驰看扬州歌舞

窃窃私语又人间恍惚踟蹰

轻捷地道声三月相见

适才幡然悔悟　不屈中浮沉争挺

又春又春　牙牙好学语

摇篮在基因中神圣

草木青青　成长卷帘人

好在无限追求　岁月如歌

风雨兼程估新途

亦步亦趋总是情

年年岁岁也沧海桑田

康宁有梦又祥和恒生

牛枥积储　虎年威武

感情的魔方

懂得诙谐之前
端庄的举止高雅莫测
神秘的脸颊堆笑如山
眼珠儿骨溜溜的

当时光推移了记忆
平静的水波涌入了欢心
一次次地变换色泽
沿岁月周而复始

在那个不知不觉的黄昏
有限的怜悯
正好收获无限的期待
字里行间的感激

是他缠绵而婉转的歌声

咽喉撕裂
歌声依然
肩骨弯曲
绵绵的常态一如既往
灿烂的名字
与歌声连成一片

在一个辉煌的季节
笑意的褶皱骤然消逝了
弯曲的脊后
闪亮的火炬被陡然托起
顷然间
太阳和心灵撞击汹涌
光焰无比

庭院集锦（花果十题）

美人蕉

娇羞嫣然

只一杯红晕沉醉

百面含绯

初露弥新

峨眉渐趋惹笑

又忙于真切

绿波荡漾

只为溢美温馨

大　丽

不曾雍容华贵

也无缘国色天香

却韧力坚毅

令地气珍藏于无限芳菲

枝繁叶茂

偶尔也默然了季节轮回

硕大如朋的裙摆

任汪洋恣肆

借灿烂阳光妩媚一生

月　季

季节不是花之语

沿日历次第渐开

未料想牡丹西施

也无心独占花魁

春夏秋冬

一生只为春光乍泄

曼妙无余

平民之宅

也依然风骚优雅

绣　球

胸凝千杆

成圆润奇葩

赤橙黄紫

引眉飞色舞与巧夸

葳蕤独秀

缱绻天然

在祥和盛世

欣欣然张开笑脸

四季繁育

枉自燕尔缠绵

节节高

锋芒毕露

笃送芬芳

不考究深沉与理性

蕴含芝麻开花之旋律

南窗尽叩

处处安居乐业

斗转星移

任彩绘与馨香

节节增长

牵　藤

纤纤柔美

也自作多情

携亲朋邻里作伴

一路向阳

让缤纷五彩

为世人留下红唇飞吻

春歌一梦

不吝把光艳洒满人间

葡　萄

珠玑串串

不辞绿叶扶持

琼浆玉液

只期待秋霜美妒

夕阳余晖

幻映出光怪陆离

挥挥衣袖

让夏夜与蝉鸣悄然而逝

落英缤纷时节

瓜熟蒂落

择尔时光

斟满追梦与碰撞

觥筹交错

振臂惊呼

苹 果

漫天星霞

映照在点点眉尖

枝头便跃跃欲试

如少女般风情万种

舌苔上

残存着过往甘饴与余香

暗自发酵与催生

千呼万唤

任枝间小雀呢喃

待朦胧消退

欲望日渐生长

瞬时新奇

风光无限

梨

爽口时节

每每蜜藏于心

公允的评说

总在取舍二者之间

阴晴圆缺

分合无忌

现实就这么彼此厘定

不见不散

各奔东西

人世间就这么

两相均宜

李　子

一果挂枝

也端庄呈秀

两瞳聚睿

掩不住光艳四射

望梅止渴

引发出崭新情趣

不是佳杰

何以能挺起这恁劲担当

行走记忆

搁置筷子

打开语义珍藏

两束炯炯目光

敏捷地夹起一箸馨香

那是味蕾的冲击

把优雅的视觉

喷在了蜂花的脸上

故乡他乡

歌声依然嘹亮

南来北往的妙想奇思

移步缱绻倜傥

嘤嗡的旋律

助长了玉湖的高亢

柳岸的长笛

拉哑了前置的惺忪与迷茫

保持倔强

一味粗犷与豪放

任性随登高一再张扬

是我非我任尔猜想

瞬间遗忘牵强与幻想

平衡的力度之外

自然与生命碰撞交响

未来的美妙乐章

不会信誓旦旦

只挂在墙上

前瞻穿透苍茫

雨帘阻隔绿瓦红墙

溢彩霓虹幻映绚烂之身

蓝天白云任尔翱翔

与其低吟风花雪月

不如跃上高台

向远方如期眺望

眉尖丈量世界

也丈量心房

让青山绿水之沧海桑田

记忆点滴变幻与彷徨

梦想的五彩长廊

正衍生唯美煽情的诗行

干涸的河流

两片红唇　若即若离
沙石如万语千言一泻成河
待黄昏吻着眉尖
缠彩虹于钩
甩下流云之标
钓一抹晚霞
金灿灿的

虽然　原野寻不着封面
虽然　池壁已不再温馨
往事枯萎
任鸽群打着旋儿飞

一片火热

夏风款款　簇拥收获季节

热辣辣的气流不见一丝温柔

秋的凉爽在楼榭等候

荷萍的躁动有些过早地汹涌

澎湃的潮水在山呼海啸间蠢蠢欲动

谁说风儿来得迟了

酷热的残横确是早晚的事儿

金色的麦浪终究在喜眉间说明

没有理屈词穷

唯有脚踏实地

趁着鸡鸣起舞天色微明

踮起脚尖勾月亮

嚼片雾里浮云

让银镰开怀数星星

这是个未被翻新的事实铁定

来吧　让豪爽也出一身臭汗
清香在黎明即起
锅碗瓢盆总在富足的畅想中欢欣
黑土地饱含深情
在光合的馈赠中
接受农人的顶礼膜拜
也承载城乡隆重的奢望与虔诚
行与不行　看人说事儿
还要安守本分

想非想

行走路上

想你做新娘

昨日的嘱托早已淡忘

让幻想也插上翅膀

好与日月飞翔

呐喊彷徨

不知今日去向何方

只要遇见风儿

嗓子沙哑

也一样嘹亮

笑对人生

把时光储藏

心中有个太阳

世界就会舒怀敞亮

挖坑种下希望

来年好收获梦想

想与非想

其实都一样

快乐与时光同行

不惧匆忙

大家心花怒放

路　口

车来人往

任凭红绿灯交替闪烁

四面八方行色匆匆

不过是劳碌奔波

向往担肩上

心儿没有歇脚

条条坦途通罗马

搁浅了　只能在洼坑等候

穿过风儿吆喝

守护雨露浸润执着

一个拐弯

或而新生起点

看坎坷成就理想

想困惑点燃煽情篝火

圆满呵护未来

我愿做梦幻之托儿

三角地丁字街十字口

隔山隔水

也隔虚伪焦灼

追求与消受

紧慢连接绚烂由头

顺应协调还需忘我合作

别让时光奢靡去占道超车

怀揣安全着陆

想好了再走

人生何须驿站

聚散自然享受和乐

一路前行奔跑

欢欣中有你有我

不识简谱

没有新曲儿

难离那段恋旧的歌

有这么个人

有这么个人

他处事谨慎为人本分

他待人真诚知足感恩

他勤奋好学胸怀理想火热赤诚

他乐观向上敬业诚信满腔激情

有这么个人

他在职倡导精进斥责世俗奉迎

他离岗乐于助人甘当志愿公民

他从不贪慕虚荣恪守个性清贫

他从不埋怨上天叫屈手少金银

有这么个人

他赞赏为官清廉勇于亲民

他推崇不忘奉献与邻贴心

他摈弃世故圆滑友善和谐待人

他致富不忘别人得助不忘友情

有这么个人

他追随道德楷模成众人追捧明星

他做事讲求认真生活又处处煽情

他用的维族腔调说的是汉族语音

他回族的方言和幽默也自然生成

有这么个人

他做人坚守尊严与是非分明

他处事保持刚正不阿的秉性

他面对困难未曾逡巡或沉吟

他面对利益从不贪恋与力争

有这么个人

他伸张正义面对贪腐始终愤青

他不追求权色不奢望个人名分

他不容忍私欲更厌恶坐享其成

他扶贫济困公益用情温暖别人

这是什么身份又是怎样的超人
他遵纪守法是实实在在的个体或人群
汉族帅哥不少说他忘己利人思绪蠢笨
回族尕男有的说他彰显个人有些日能
维族小伙说他烟酒不沾儿子娃娃不行

就是这么些人
赈灾慷慨捐赠助人为乐是他一生的德行
信奉善恶相报社会的动乱使他擦亮眼睛

就是这么些人
面对遭谴的三股势力敢于亮剑发声
扶贫济困南疆支教又勇于尝试先行
民族团结一家亲更积极践行与经营

这些人信奉平安公平
给了社会正义平等民众乐享百年的福分
这些人倡导自由文明
继往开来民主与法制顺运而生齐头并进
这些人乐道和谐永存

寄予千秋美满光明绘就万年蓝天白云

这不是超人也不是佛神
这是异乎寻常的气质与精神
这是拍手称快的善德与品行
社会没他趋炎附身百姓没他面目狰狞
世界没了他会杂乱方阵永远丧失和平

就是这些人
是平安文明的化身和谐诚信的精灵
让历史与现代共生传统与未来共鸣
是我们时代可贵的精英为人做事的标准
是我们值得推崇的新星鼎力效仿的人群

有了这些人
国家富强民族复兴人人安乐享自尊
社会稳定家庭和睦美满友情也递增

让我们赞誉追捧这些人吧
让我们学习争做这些人吧
人间美德人传人国家永保安宁
社会处处趋公正世间皆现太平

少儿歌咏（八首）

禾粮歌（新编民谣）
——纪念世界粮食日

宝中宝　王中王

胜过金银赛蜜糖

柴米油盐贵

田土产希望

农村处处孕辉煌

春种一粒谷

秋收万颗粮

礼赞农民四季忙

回首"锄禾日当午"

"饿殍遍野"犹未忘

歌吟"汗滴禾下土"

"黄牛"躬耕美名扬

盘中餐　皆辛苦

触景生情诗易将

饥肠辘辘难行路

口中有粮心不慌

忆往昔　想来年

爱粮节粮理应当

人类谁离粮

工农兄弟团结紧

同谋四化奔理想

携手强中强

桃李赋

和风吹拂着大地

雨露滋润着新苗

手提喷桶

走进园艺场啊

要让青春快快闪光

浇啊　浇啊

一腔热血

化作无尽的甘霖哟

——伴合着

温暖的晨光

……

日趋一日

年复一年

两鬓斑驳

憔悴暮桑

如今

仍不离当年的行当

桃花红了

李花白了……

累累的果实誉满边疆

芳香四溢

神光外现

浇花的人儿

醉心地笑了……

杨花梦

晨风抚摸着白杨树梢

校园内

飘满了柔绵的花絮

红领巾

追逐在林荫道上

跳跃着、嬉戏着……

幻影中

那小手

托起我童年的梦

六一儿歌

我是一朵小红花

慈母心中发

阳光雨露我爱它

世界我美化

我是一条小红花

天天盼长大

助人为乐好风格

人人见我夸

九九歌

一九二九冰上走

雪花纷飞任浮游

三九四九冻死狗

皮袄绒靴抵寒流

五九六九水放喉

春风吹拂玉门楼

七九八九欢乐奏

遍地耕牛机声稠

九九绿了河边柳

满目青山鸟枝头

数九何须千年旧

新歌一曲情悠悠

新编少儿"三字经"(片断)
——写给"六一"儿童节

太阳红　月亮亮

新中国　少年强

习性好　炼成钢

树雄心　志昂扬

勤学习　有理想

讲互助　会礼让

敬父母　尊师长

爱工厂　学牧羊

喜劳动　惜时光

手挽手　齐欢唱

接班人　学榜样

团结紧　心向党

新编少儿拍手歌
——写给"六一"儿童节

你拍一　我拍一

我们从小有志气
你拍二　我拍二
学习雷锋好榜样
你拍三　我拍三
科学险峰敢登攀
你拍四　我拍四
锻炼身体要坚持
你拍五　我拍五
勤俭节约肯吃苦
你拍六　我拍六
你追我赶争上游
你拍七　我拍七
刻苦勤奋爱学习
你拍八　我拍八
从小爱听党的话
你拍九　我拍九
各族儿童手拉手
你拍十　我拍十
我们都做好孩子

是梦非梦……
——写给"六一"的歌

雄鸡啼晓　天边始泛红晕

年轻母亲深知孩儿心

早起洗涮精心备餐　等待孩儿苏醒

嘀铃铃　闹钟响震搅动宝宝身

小手揉眼　驱赶朦胧迷昏

孰不知外面早已天泛红晕

可为何屋内这般宁静

……

床边仿佛有妈妈身影

娇嗔陡升　妈妈为何不把我快叫醒

昨晚做美梦　孩儿一夜已变成体育小明星

妈妈别见笑　孩儿或不痴

早有雄心立志向

要为祖国妈妈增青春

亚运会上　那矫健的中华儿女

个个是我们大地母亲的精英

告慰妈妈　是梦非梦

闪烁追寻乃一代少年儿童心声

五六年稍纵即逝

我一定是只搏击蓝天的雄鹰

是梦非梦　可否中听

妈妈分明在微笑

可眼眶怎么泪水晶莹

妈妈是在用泪水浇灌一颗未来种子

滋润一颗希望之心

校园诗话

——《小草》文学刊首之秋冬寄语

（一）

金秋送爽　无名小草破土喜迎朝阳

晨风过处　带霜幼叶含露与菊桂暗争芬芳

美在自然孕育成长

清新伴随婉转　激情催生粗犷

岁月之歌　随勤勉酿成一曲曲心醉与高亢

任凭狂风袭掠　羔羊啃噬

新生小草初心顽强日渐茁壮

晨曦与暮晚频次交响

校园稚嫩已而汇聚朴实美态

青春迸发　期冀嘹亮

(二)

秋风瑟瑟　依稀吹醒昨日幽梦

黄叶飘零　缠绵捎走失落忧伤

双双温暖之手　助搭虹桥绚烂五彩时光

十二分热诚洋溢时代情窗

青春与年少　在友谊与扶植间行进放量

潇洒倜傥　个个充满阳光

没有雪花飘飞时令

不见冰凌闪烁晶莹

时光流逝　倍感自然变更置换苍茫

诗的爱意正渴望呼唤远方

静寂耳鼓　满是孩童嬉逐笑脸辉映昂扬

(三)

冬天是牧羊人皮鞭驱赶白云

冬天是冰刀划出音符谱写溜冰圆舞曲

风雪就喜欢描述山峦素裹原野

风雪是春天种芽

春天是风雪伴侣

疑是梨花时节　玉树琼枝也无限风光

捏拢冰雪滚着寒冷恰好去周游海市

冬天已临春风不远

青春微笑如花怒放染红太阳弥漫山冈

理想之旋律溶化冰峰溶化死寂

小雀也撕扯歌喉　低吟浅唱

后记一

春潮涌心

  盼望着，盼望着，踏着明丽轻盈的脚步，2023 的春天来了，父亲的第一部诗集即将出版。对于多年从事中学语文教学的父亲在文学素养的沉淀递增与古今诗词的创作成果，我从未怀疑过。现代新诗集《诗路博格达》，像一尊琼山璞玉，经过精雕细琢，得以呈现华堂，历久而弥新；又仿佛一坛深藏多年的美酒，在时光的窖藏下，香气四溢！早年父亲一直有出版诗集的想法，但因潜心教学与劳碌工作而搁浅。如今在众多诗词达人与亲朋好友的关心与推动下，在父亲再三斟酌与精心编排下，《诗路博格达》终于要光鲜亮丽地面世了。我的喜悦丝毫不亚于父亲本人，迫不及待地想早日拿到这本承载了父亲一生追寻文学真谛且富有心灵底蕴的诗集。

  我的父亲是一名优秀的中学语文教师。在我年幼时，有诸多唤父亲为"邓老师"的叔叔阿姨们，他们亲切爽朗的声音，还莺鸣雀跃般萦绕在我耳畔。他们对父亲的尊敬让我都觉得温心阵阵。当时只是略有羡慕，向往有朝一日，我也能如此受人敬仰爱戴。后来才知晓，那些叔叔阿姨们是曾经受教于父亲的学生。父亲从事了大半辈子教育工作，浇灌了一茬又一茬"祖国的花朵"，真可谓桃李满天下。光阴似箭，岁月如梭，父亲业已花甲，很多毕业多年的学生，有些已成为栋梁之材，有的留学定居海外从事科学研究，但仍然与父亲保持着联系，实属难能可贵。这也是父亲以德才服人的结果。

多少年来，父亲的文学素养对我影响颇深。我从儿时就养成了遇见生字马上查字典词典的习惯，成了当时班上识字最多的小学生，班上同学遇到生字都会向我请教。随着年龄增长，我经常与父亲讨论诗词歌赋的对仗、平仄、韵律和一些楹联技巧，耳濡目染，我也逐渐对古诗文产生了浓厚的兴趣。犹记得高中时，我曾为周围的同学量身定作了打油诗。这种影响时至今日都未曾减退，走在街上看到陌生的字，会不由自主地停下来查阅，咬文嚼字一番；读到生僻的姓名，也会去追究其出处和用法；瞥见人家门口贴的春联，会下意识地去琢磨其音律、对仗是否工整，这与父亲为文字斟句酌、深究起名影响不无关系……父亲的文笔毋庸置疑，在我们当地的文学社团中也是闻名遐迩，一些初学诗者经常向父亲求教。早些年里，只要是父亲的投稿，一些熟知的报刊电台编辑几乎无需修改校对，便直接刊登插播发表，如此文字水平可见一斑。家中尚存的数十本来自全国各地的获奖荣誉证书就极具说服力。父亲每每有诗文发表，便会第一时间将那份抑制不住的喜悦分享给家人们。我常把报纸刊物中刊登父亲诗文的文学版面用剪刀剪下，装在书包侧兜，引以为豪。后来在学习、工作和生活中，我偶尔也会向父亲请教一些诗词对仗、韵律的学问，此等偏爱咬文嚼字的个性不仅促进了我对文学的爱慕与敬畏，使得多篇习作陆续在当地报刊发表或获奖，也大大促进了我的中学语文学习，为我业余生活平添了不少乐趣。

记得父亲说过，为了便于古诗词教学，启迪学生思维，他常常把古体诗词翻译解读成现代白话诗行，使得一些深奥晦涩较难理解的古典诗词，陡然间变得通俗易懂，学生们顿时豁然开朗。不少学生在校外写作大赛中屡屡获奖，为学校争得了荣誉。20世纪80年代中期，父亲还曾受邀担任诸如《作文报》《青年科学》《中国合作经济报》等编委、特约记者通讯员等等，组织学生踊跃投稿，激励学生写作热情。为紧密配合中学语文教学，父亲曾经组织创办校园文学《小草报》，鼓励学生自编自印自我发行，对校园文学创作及其活动的推广产生了广泛深远的影响，给予了当年部分老山前线战士有力的精神支持，受到了中国作协与地方教育部门的首肯与好评，受邀前往北京参加相关颁奖典礼。父亲的作品在20世纪八九十年代就收入新加坡·香港华人诗集《中国青年诗人三百家》、西北五省区诗选《白杨诗集》。父亲还曾被北京大学特邀参加文学研修提高班学习。如此种种，足以证明父亲的文学创作水平与影响力。

退休之后，父亲便有闲情雅致去整理、雕琢诗句了。很多文学社团举办竞赛活动，经常邀请父亲去做评委，还有许多年轻一代的文学爱好者向父亲请教诗歌创作经验。父亲也偶尔会在当地以文会友，与一些同窗诗友切磋交流，共同学习进步。父亲满心欢喜，乐此不疲。父亲当年的同学和文学朋友们也一直期盼父亲能够出版一本诗集，以便收藏与交流。于是，父亲自 2022 年开始，着手整理在各类报刊上发表过的诗文，出版一本属于自己的诗集，这应该也是父亲的一个小小的夙愿吧。看着父亲沉浸在文学世界里，迎着朝霞劈柴喂马，头顶烈日撒缰狂奔，目送夕阳南山，一脸的轻松与惬意随暮色苍茫逐渐消散，这便是父亲向往的一种生活方式吧，我由衷地为父亲高兴与喝彩。

《诗路博格达》的问世，不仅浓缩了父亲的诗文精华，是父亲的成就，同样也是我们整个家庭的荣耀！父亲应是家中首位并且是唯一一位正式出版文学作品集的人。虽谈不上光宗耀祖，但也足以令我及家人们引以为傲了。想必若是爷爷奶奶和早已逝去的其他亲人在天有知，也一定会高兴得合不拢口，并予以无限祝福。

博格达峰坐落在新疆维吾尔自治区阜康市境内，海拔 5445 米，是天山山脉东段的最高峰。博格达山主峰在天池南侧，其上三峰并立,成"山"字形,中峰略高,东峰次之。远眺三峰,屹立在一片茫茫雪海之中,像极了一名英武神勇的巨人,让人感慨万千。长春真人丘处机在《宿轮台东南望阴山》一诗中赞道:"三峰并起插云寒,四壁横陈绕涧盘。"《诗路博格达》一书寄托了父亲对这片生活了大半辈子的土地的一片痴情,也希望他的诗文之路能如博格达峰一般,傲岸自信,洪荒搏击之余又百尺竿头,更进一步;同时也愿祖国建设发展如丝路锦绣,厚积薄发,更加繁荣昌盛。

父亲的诗集出版在即,这对我也是一种鞭策与激励。如今我在父母的支持与鼓励之下正式踏入了高等教育工作者的神圣行列。我时刻提醒自己,尽心竭力爱岗敬业,时时为人师表,处处严于律己,每每谨言慎行,用坚毅果敢的行动去谱写属于我自己的人生教育乐章——"师路博格达"。

父亲挚爱文学如同挚爱生命一般,他的诗文无一不流露出对文学的热爱与尊重。父亲的文学生涯注定要和生命联系在一起。北宋那句理学名言"活到老,学到老",放在父亲身上,我以为此"学"便是"文学"的"学"了。学无止境,善莫大焉,毋庸讳言,父亲一定深知其中的道理。

作为父母宠爱的独子,在外安家立业,不能时常陪伴父母左右,实乃愧疚不已。父亲年事已高,除了亲人朋友们,唯有文学世界与父亲相伴相惜且聊以慰藉。在此真诚地感谢亲人、朋友们的支持与助兴，愿时常关心父亲及其《诗路博格达》的长辈们如博格达般健康长寿、同辈们事业如博格达般直插云霄、小辈们学业如博格达般三峰齐放，光彩绚烂。

《诗路博格达》是父亲在诗歌创作的起点或者说某一时段的成果高峰，但一定不是终点。新的古典诗词集成，新的散文集册的问世一定在不远的将来。我由衷地期待并坚信，父亲未来有更多更好的诗歌作品展现于世，让我们一起拭目以待吧。

邓呈轩

2023 年 3 月 16 日于成都

（邓呈轩，兰州交通大学硕士研究生、四川工业科技学院讲师）

后记二

感念之思

多少年来，于文学一直不断追求且深怀敬畏之心。每当在创作上有所成绩，一种内心的满足与惊喜便油然而生。文学似乎曾经左右生活，诗歌更是填补了所有空虚，使人在忙碌生存之余越发精神抖擞，甚而陡生情有独钟乃至忘乎所以。有时因为一首灵动小诗，一句得意韵味十足的闪念，都茶饭不思，不记录不足以按捺情绪，不吟咏不足以释放激情，好诗好词之本本更是几近爱不释手。谈吐文学之要义，构架诗作之意象，吟哦叹咏，仰颈作歌，每每成为日常生活中津津乐道之事。享受文学之酣畅，感触诗歌之激荡，圆梦创作之集成，坚持努力地捉滴汇池，揽光成炬。时而行游顿悟，时而长吟歌咏，不知不觉地成为人生过往之自我追寻梦寐以求之高标。由是而兴致勃发种种，足以感受其人生价值、文学存在与理想追梦的分量。

古人云：诗言志，歌咏情。《诗路博格达》力求初心不改、使命必达的心境与诗韵，集中反映人生各个时期的可观可感可悟可思，将"大美新疆，诗意中华"的主旨尽可能形象地呈现在爱诗者面前，即便是些许微乎其微的心灵触动与欲望，也就不枉赘笔耗墨了。这也正是笔之所及，有赖展示庭州风采，打造大美新疆之名片，从而达到诗意中华与助力"文化润疆"之目标，至幸至甚，唯其畅心释怀矣！

老之已至，文趣何焉？殊不知，几十年来如影随形，诗歌居然不弃不离地伴随了一生。冥冥之中，诗歌似乎已成为人生中不可或缺的重要组成部分。诗集《诗路博格达》的欣然面世，企望雅俗共赏，即在仰视谦恭于阳春白雪，又贴近亲昵于下里巴人，似乎在追逐出离于日常荤素，粗茶淡饭中又力求缩短与珍馐酒馔的应有距离。吾爱诗歌的张扬与豪爽，亦爱诗歌的节奏与韵律，更爱诗歌的煽情与灵动。诗歌是有序的人生寄托，诗歌是不可多得的宝贵财富。有限的生命必将与无限的诗歌感召紧密而有机联系。让我们抖擞精神，趁着春风萌动，在诗歌的节奏与韵律中诵读春秋，享受诗意生活吧！

诗集《诗路博格达》有意让爱诗者沿蜿蜒崎岖之羊肠小道向伟岸豪迈的诗路前行，期待得到各方贤师达仁们的热情关注与指导。真诚感谢新疆文联、作协名誉主席，国家一级作家，首届鲁迅文学奖获得者，著名诗人周涛先生于《诗路博格达》编撰出版之际，馈赠文集与翰墨珍品为诗集添彩增色鼓励助劲；感谢国家一级作家、两度冰心文学奖获得者、《新疆文艺界》执行主编、著名诗人孤岛先生为诗集润笔作序；感谢原《新疆有色金属报》总编刘国栋先生以及新疆昌吉州融媒体中心党组书记、原昌吉州文联主席王建忠先生、昌吉州作协主席暨《回族文学》主编刘河山先生与昌吉州文联作协各位老师们为诗集结编遴选倾心关注且一以贯之地指导与厚爱。感谢所有关心支持《诗路博格达》诗集编辑出版发行的亲朋好友以及曾经一同追寻、热爱与敬畏诗歌的同学们的支持与鼓励，诗歌将一如既往地呈现情感纽带，永远把我们紧密地联系在一起！

愿友爱与炽热长存，愿唯美与诗意永恒！

作者
2023 年 2 月 12 日于新疆昌吉